小輓歌

叢書

臧棣詩選

臧棣 著

朝向漢語的邊陲

楊小濱

　　中國當代詩的發展可以看作是朝向漢語每一處邊界的勇猛推進，而它的起源也可以追溯出頗為複雜的線索。1960年代中後期張鶴慈（北京，1943-）和陳建華（上海，1948-）等人的詩作已經在相當程度上改變了主流詩歌的修辭樣式。如果說張鶴慈還帶有浪漫主義的餘韻，陳建華的詩受到波德萊爾的啟發，可以說是當代詩中最早出現的現代主義作品，但這些作品的閱讀範圍當時只在極小的朋友圈子內，直到1990年代才廣為流傳。1970年代初的北京，出現了更具衝擊力的當代詩寫作：根子（1951-）以極端的現代主義姿態面對一個幻滅而絕望的世界，而多多（1951-）詩中對時代的觀察和體驗也遠遠超越了同時代詩人的視野，成為中國當代詩史上的靈魂人物。

　　對我來說，當代詩的概念，大致可以理解為對朦朧詩的銜接。朦朧詩的出現，從某種意義上可以看作官方以招安的形式收編民間詩人的一次努力。根子、多多和芒克（1951-）的寫作從來就沒有被認可為朦朧詩的經典，既然連出現在《詩刊》的可能都沒有，也就甚至未曾享受遭到批判的待遇，直到1980年代中後期才漸漸浮出地表。我們完全可以說，多多等人的文化詩學意義，是屬於後朦朧時代的。才華出眾的朦朧詩人顧城在1989年六四事件後寫出了偏離朦朧詩美學的《鬼進城》等

傑作，卻不久以殺妻自盡的方式寫下了慘痛的人生詩篇。除了
揮霍詩才的芒克之外，嚴力（1954-）自始至終就顯示出與朦
朧詩主潮相異的機智旨趣和宇宙視野；而同為朦朧詩人的楊煉
（1955-），在1980年代中期即創作了《諾日朗》這樣的經典作
品，以各種組詩、長詩重新跨入傳統文化，由於從朦朧詩中率
先奮勇突圍，日漸成為朦朧詩群體中成就最為卓著的詩人。同
樣成功突圍的是遊移在朦朧詩邊緣的王小妮（1955-），她從
1980年代後期開始以尖銳直白的詩句來書寫個人對世界的奇妙
感知，成為當代女性詩人中最突出的代表。如果說在1970年代
末到1980年代初，朦朧詩仍然帶有強烈的烏托邦理念與相當程
度的宏大抒情風格，從1980年代中後期開始，朦朧詩人們的寫
作發生了巨大的轉化。

　　這個轉化當然也體現在後朦朧詩人身上。翟永明（1955-）
被公認為後朦朧時代湧現的最優秀的女詩人，早期作品受到自
白派影響，挖掘女性意識中的黑暗真實，爾後也融入了古典
傳統等多方面的因素，形成了開闊、成熟的寫作風格。在1980
年代中，翟永明與鍾鳴（1953-）、柏樺（1956-）、歐陽江河
（1956-）、張棗（1962-2010）被稱為「四川五君」，個個都
是後朦朧時代的寫作高手。柏樺早期的詩既帶有近乎神經質的
青春敏感，又不乏古典的鮮明意象，極大地開闊了漢語詩的表
現力。在拓展古典詩學趣味上，張棗最初是柏樺的同行者，爾
後日漸走向更極端的探索，為漢語實踐了非凡的可能性。在
「四川五君」中，鍾鳴深具哲人的氣度，用史詩和寓言有力地
書寫了當代歷史與現實。歐陽江河的寫作從一開始就將感性與

理性出色地結合在一起，將現實歷史的關懷與悖論式的超驗視野結合在一起，抵達了恢宏與思辨的驚險高度。

後朦朧詩時代起源於1980年代中期，一群自我命名為「第三代」的詩人在四川崛起，標誌著中國當代詩進入了一個新階段。1980年代最有影響的詩歌流派，產自四川的佔了絕大多數。除了「四川五君」以外，四川還為1980年代中國詩壇貢獻了「非非」、「莽漢」、「整體主義」等詩歌群體（流派和詩刊）。如周倫佑（1952-）、楊黎（1962-）、何小竹（1963-）、吉木狼格（1963-）等在非非主義的「反文化」旗幟下各自發展了極具個性的詩風，將詩歌寫作推向更為廣闊的文化批判領域。其中楊黎日後又倡導觀念大於文字的「廢話詩」，成為當代中國先鋒詩壇的異數。而周倫佑從1980年代的解構式寫作到1990年代後的批判性紅色寫作，始終是先鋒詩歌的領頭羊，也幾乎是中國詩壇裡後現代主義的唯一倡導者。莽漢的萬夏（1962-）、胡冬（1962-）、李亞偉（1963-）、馬松（1963-）等無一不是天賦卓絕的詩歌天才，從寫作語言的意義上給當代中國詩壇提供了至為燦爛的景觀。其中萬夏與馬松醉心於詩意的生活，作品惜墨如金但以一當百；李亞偉則曾被譽為當代李白，文字瀟灑如行雲流水，在古往今來的遐想中妙筆生花，充滿了後現代的喜劇精神；胡冬1980年代末旅居國外後詩風更為逼仄險峻，為漢語詩的表達開拓出難以企及的遙遠疆域。以石光華（1958-）為首的整體主義還貢獻了才華橫溢的宋煒（1964-）及其胞兄宋渠（1963-），將古風與現代主義風尚奇妙地糅合在一起。

　　毫不誇張地說，川籍（包括重慶）詩人在1980年代以來的中國詩壇佔據了半壁江山。在流派之外，優秀而獨立的詩人也從來沒有停止過開拓性的寫作。1980年代中後期，廖亦武（1958-）那些囈語加咆哮的長詩是美國垮掉派在中國的政治化變種，意在書寫國族歷史的寓言。蕭開愚（1960-）從1980年代中期起就開始創立自己沉鬱而又突兀的特異風格，以罕見的奇詭與艱澀來切入社會現實，始終走在中國當代詩的最前列。顯然，蕭開愚入選為2007年《南都週刊》評選的「新詩90年十大詩人」中唯一健在的後朦朧詩人，並不是偶然的。孫文波（1956-）則是1980年代開始寫作而在1990年代成果斐然的詩人，也是1990年代中期開始普遍的敘事化潮流中最為突出的詩人之一，將社會關懷融入到一種高度個人化的觀察與書寫中。還有1990年代的唐丹鴻，代表了女性詩人內心奇異的機器、武器及疼痛的肉體；而啞石（1966-）是1990年代末以來崛起的四川詩人，以重新組合的傳統修辭給當代漢語詩帶來了跌宕起伏的特有聲音。

　　1980年代的上海，出現了集結在詩刊《海上》、《大陸》下發表作品的「海上詩群」，包括以孟浪（1961-）、默默（1964-）、劉漫流（1962-）、郁郁（1961-）、京不特（1965-）等為主要骨幹的較具反叛色彩的群體，和以陳東東（1961-）、王寅（1962-）、陸憶敏（1962-）等為代表的較具純詩風格的群體，從不同的方向為當代漢語詩提供了精萃的文本。幾乎同時創立的「撒嬌派」，主要成員有京不特、默默（撒嬌筆名為鏽容）、孟浪（撒嬌筆名為軟髮）等，致力於透

過反諷和遊戲來消解主流話語的語言實驗。無論從政治還是美學的意義上來看，孟浪的詩始終衝鋒在詩歌先鋒的最前沿，他發明了一種荒誕主義的戰鬥語調，有力地揭示了歷史喜劇的激情與狂想，在政治美學的方向上具有典範性意義。而陳東東的詩在1980年代深受超現實主義影響，到了1990年代之後則更開闊地納入了對歷史與社會的寓言式觀察，將耽美的幻想與險峻的現實嵌合在一起，鋪陳出一種新的夢境詩學。1980年代的上海還貢獻了以宋琳（1959-）等人為代表的城市詩，而宋琳在1990年代出國後更深入了內心的奇妙圖景，也始終保持著超拔的精神向度。1990年代後上海崛起的詩人中最引人注目的是復旦大學畢業後定居上海的韓博（1971-，原籍黑龍江），他近年來的詩歌寫作奇妙地嫁接了古漢語的突兀與（後）現代漢語的自由，對漢語的表現力作了令人震驚的開拓。還有行事低調但詩藝精到的女詩人丁麗英（1966-），在枯澀與奇崛之間書寫了幻覺般的日常生活。

　　與上海鄰近的江南（特別是蘇杭）地區也出產了諸多才子型的詩人，如1980年代就開始活躍的蘇州詩人車前子（1963-）和1990年代之後形成獨特聲音的杭州詩人潘維（1964-）。車前子從早期的清麗風格轉化為最無畏和超前的語言實驗，而潘維則以現代主義的語言方式奇妙地改換了江南式婉約，其獨特的風格在以豪放為主要特質的中國當代詩壇幾乎是獨放異彩。而以明朗清新見長的蔡天新（1963-）雖身居杭州但足跡遍布五洲四海，詩意也帶有明顯的地中海風格。影響甚廣的于堅（1954-）、韓東（1961-）和呂德安（1960-）曾都屬於1980年

代以南京為中心的他們文學社，以各自的方式有力地推動了口語化與（反）抒情性的發展。

朦朧詩的最初源頭，中國最早的文學民刊《今天》雜誌，1970年代末在北京創刊，1980年代初被禁。「今天派」的主將們，幾乎都是土生土長的北京詩人。而1980年代中期以降，出自北京大學的詩人佔據了北京詩壇的主要地位。其中，1989年臥軌自盡的海子（1964-1989）可能是最為人所知的，海子的短詩尖銳、過敏，與其宏大抒情的長詩形成了鮮明對比。海子的北大同學和密友西川（1963-）則在1990年後日漸擺脫了早期的優美歌唱，躍入一種大規模反抒情的演說風格，帶來了某種大氣象。臧棣（1964-）從1990年代開始一直到新世紀不僅是北大詩歌的靈魂人物，也是中國當代詩極具創造力的頂尖詩人，推動了中國當代詩在第三代詩之後產生質的飛躍。臧棣的詩為漢語貢獻了至為精妙的陳述語式，以貌似知性的聲音扎進了感性的肺腑。出自北大的重要詩人還包括清平（1964-）、周瓚（1968-）、姜濤（1970-）、席亞兵（1971-）、胡續冬（1974-）、陳均（1974-）、王敖（1976-）等。其中姜濤的詩示範了表面的「學院派」風格能夠抵達的反諷的精微，而胡續冬的詩則富於更顯見的誇張、調笑或情色意味，二人都將1990年代以來的敘事因素推向了另一個高度。胡續冬來自重慶（自然染上了川籍的特色），時有將喜劇化的方言土語（以及時興的網路語言或亞文化語言）混入詩歌語彙。也是來自重慶的詩人蔣浩（1971-）在詩中召喚出語言的化境，將現實經驗與超現實圖景溶於一爐，標誌著當代詩所攀援的新的巔峰。同樣

現居北京，來自內蒙古的秦曉宇（1974-），也是本世紀以來湧現的優秀詩人，詩作具有一種鑽石般精妙與凝練的罕見品質。原籍天津的馬驊（1972-2004）和原籍四川的馬雁（1979-2010），兩位幾乎在同齡時英年早逝的天才，恰好曾是北大在線新青年論壇的同事和好友。馬驊的晚期詩作抵達了世俗生活的純淨悠遠，在可知與不可知之間獲得了逍遙；而馬雁始終捕捉著個體對於世界的敏銳感知，並把這種感知轉化為表面上疏淡的述說。

當今活躍的「60後」和「70後」詩人還包括現居北京的藍藍（1967-）、殷龍龍（1962-）、王艾（1971-）、樹才（1965-）、成嬰（1971-）、侯馬（1967-）、周瑟瑟（1968-）、安琪（1969-）、呂約（1972-）、朵漁（1973-）、尹麗川（1973-），河南的森子（1962-）、魔頭貝貝（1973-），黑龍江的桑克（1967-），山東的孫磊（1971-）宇向（1970-）夫婦和軒轅軾軻（1971-），安徽的余怒（1966-）和陳先發（1967-），江蘇的黃梵（1963-），海南的李少君（1967-），現居美國的明迪（1963-）等。森子的詩以極為寬闊的想像跨度來觀察和創造與眾不同的現實圖景，而桑克則將世界的每一個瞬間化為自我的冷峻冥想。同為抒情詩人，女詩人藍藍通過愛與疼痛之間的撕扯來體驗精神超越，王艾則一次又一次排練了戲劇的幻景，並奔波於表演與旁觀之間，而樹才的詩從法國詩歌傳統中找到一種抒情化的抽象意味。較為獨特的是軒轅軾軻，常常通過排比的氣勢與錯位的慣性展開一種喜劇化、狂歡化的解構式語言。而這個名單似乎還可以無限延長下去。

　　1989年的歷史事件曾給中國詩壇帶來相當程度的衝擊。在此後的一段時期內，一大批詩人（主要是四川詩人，也有上海等地的詩人）由於政治原因而入獄或遭到各種方式的囚禁，還有一大批詩人流亡或旅居國外。1990年代的詩歌不再以青春的反叛激情為表徵，抒情性中大量融入了敘述感，邁入了更加成熟的「中年寫作」。從1980年代湧現的蕭開愚、歐陽江河、陳東東、孫文波、西川等到1990年代崛起的臧棣、森子、桑克等可以視為這一時期的代表。1990年代以來，儘管也有某些「流派」問世，但「第三代詩」時期熱衷於拉幫結夥的激情已經消退。更多的詩人致力於個體的獨立寫作，儘管無法命名或標籤，卻成就斐然。1990年代末的「知識分子寫作」與「民間寫作」的論戰雖然聲勢浩大，卻因為糾纏於眾多虛假命題而未能激發出應有的文化衝擊力。2000年以來，儘管詩人們有不同的寫作趨向，但森嚴的陣營壁壘漸漸消失。即使是「知識分子寫作」的代表詩人，其實也在很大程度上以「民間寫作」所崇尚的日常口語作為詩意言說的起點。從今天來看，1960年代出生的「60後」詩人人數最為眾多，儼然佔據了當今中國詩壇的中堅地位，而1970年代出生的「70後」詩人，如上文提到的韓博、蔣浩等，在對於漢語可能性的拓展上，也為當代詩做出了不凡的探索和貢獻。近年來，越來越多的「80後詩人」在前人開闢的道路盡頭或途徑之外另闢蹊徑，也日漸成長為當代詩壇的重要力量。

　　中國當代詩人的寫作將漢語不斷推向極端和極致，以各異的嗓音發出了有關現實世界與經驗主體的精彩言說，讓我們

聽到了千姿萬態、錯落有致的精神獨唱。作為叢書，《中國當代詩典》力圖呈現最精萃的中國當代詩人及其作品。第一輯收入了15位最具代表性的中國當代詩人的作品，其中1950年代、1960年代和1970年代出生的詩人各佔五位。在選擇標準上，有各種具體的考慮：首先是盡量收入尚未在台灣出過詩集的詩人。當然，在這15位詩人中，也有極少數雖然出過詩集，但仍有一大批未出版的代表作可以期待產生相當影響的。在第一輯中忍痛割捨的一流詩人中，有些是因為在台灣出過詩集，已經在台灣有了一定影響力的詩人；也有些是因為寫作風格距離台灣的主流詩潮較遠，希望能在第一輯被普遍接受的基礎上日後再推出，將更加彰顯其力量。願《中國當代詩典》中傳來的特異聲音為台灣當代詩壇帶來新的快感或痛感。

目次

第一輯｜斬首的邀請叢書

第三輯｜尖銳的信任叢書

第四輯 能見度叢書

第一輯

小輓歌叢書

芹菜的琴叢書

我用芹菜做了

一把琴，它也許是世界上

最瘦的琴。看上去同樣很新鮮。

碧綠的琴弦，鎮靜如

你遇到了宇宙中最難的事情

但並不缺少線索。

彈奏它時，我確信

你有一雙手，不僅我沒見過，

死神也沒見過。

冬天的錘子叢書

空氣的錘子落下來
砸在死硬的凍冰上。

我,很像那個被砸過的坑眼,
有人也很像那些飛濺的冰茬;

而錘子使了這麼大勁兒,
你應該很像那個聽起來很響的聲音;

但是很奇怪,我們等了這麼久,
卻只有喜鵲起伏在美麗的錯誤中。

作為一個簽名的落日叢書

又紅又大，它比從前更想做
你在樹上的鄰居。

憑著這妥協的美，它幾乎做到了，
就好像這樹枝從宇宙深處伸來。

它把金色翅膀借給了你，
以此表明它不會再對鳥感興趣。

它只想熔盡它身上的金子，
趕在黑暗伸出大舌頭之前。

憑著這最後的渾圓，這意味深長的禁果，
熔掉全部的金子，然後它融入我們身上的黑暗。

紅柳叢書

熱浪像兩頭警犬中

個頭稍大的那一隻。它聳立的耳朵裡

藏著比閃電更快的鞭子。

但是很不幸，你已不再是鞭子的對象。

與熱風留在沙丘上的格言相比，

鞭子是更原始的線索，它瞧不起影子的疤痕。

塔克拉瑪干沙漠就很理解這一點。

不管你從哪個方向接近它，

塔克拉瑪干沙漠都像金色的大篩子。

說起來，你的不幸很快就得到了補償，

不知不覺中你已成為篩子的對象。

當你的身體起伏如高高的沙丘

跌入一個假象，你不必著急——

因為接下來，深淵比你聰明，死亡比你聰明，

虛無比你聰明，無底洞比你聰明，

上了發條的風景也比你聰明；

你要做的事情只是，繼續從細枝上

開滿紅色的花霧，繼續製作你的特效藥，

繼續把根扎得更深，更長，

祝福你。據說你扎下的最深的根可達三十八米。

薰衣草叢書

久仰花名，第一次見面，
我猜你會這麼說的。
我沒有嗅覺，但我像我的另一個名字一樣
知道如何沁入每個人的脾胃。
而你會假裝空氣不是藝術，
空氣裡不可能有芳香的藝術──
無論我給空氣帶去的是什麼，
它都不會超出一種味道。
你不想在我面前表現得過於特殊，
你就像一個經歷太多的男人
已不在乎錯過任何機遇。
但假如我無關機遇，僅僅是由於
我的芳香能適應各種皮膚
而成為自我的植物呢？我猜你
對人的一生中那些無形的傷口
終會因我的滲透而漸漸癒合
深感興趣。我的芳香既是我的語言，
也是你的語言，所以我有義務配合你──
直到藍色花序從穎長的秀美中憋出
最後一片淡紫。從那一刻起，
我開始像偏方一樣思考我的治療對象。

需要服務的神已經夠多了，

但我會把你往前面排；你看上去就像

一個即將消失在空衣櫃裡的

有趣的新神。換句話說，一件薰過的衣服

就可能把你套回到真相之中。而我從不畏懼

任何封閉的黑暗。我的芳香就是我的智慧，

經過循環，你也許會記住這一點。

我確實緩解過許多疼痛，但你不會知道

你的入迷也幫我恢復了更神奇的效果。

真實的瞬間叢書

九條狗分別出現在街頭和街角，
大街上的政治看上去空蕩蕩的。冷在練習更冷。

八隻喜鵲沿河邊放飛它們自己的黑白風箏，
你被從裡面繫緊了，如果那不是繩索，

那還能是什麼？七輛出租車駛過閱讀即謀殺。
所以最驚人的，肯定不是只留下了六具屍體。

身旁，五只口袋提著生活的秘密，
裡面裝著的草莓像文盲也有過可愛的時候。

四條河已全部化凍，開始為春天貢獻倒影，
但裡面的魚卻一個比一個懸念。

三個人從超市的側門走出來，
兩只蘋果停止了爭論。你怎麼知道你皮上的

農藥，就比我的少？但我們確實知道，
一條道上，可以不必只有一種黑暗。

鮑魚無法想像詩歌中沒有鮑魚叢書

沒有翅膀，飛，也難不倒鮑魚。
這就如同，飛，難不倒雨珠裡
透明的你中有我。

會飛的鮑魚，在半空中給時間加油。
加過油之後，時間會進化成
你我的時光。從大連到北京，就好像

從兄弟到兄弟。大海，始終在那裡──
它怎麼可能有別的意思？
它怎麼還需要別的意思！

你猜，只有排除了所有的自我之後，
我才能從新鮮的鮑魚中找到
一個自我。沒錯，沒有自我，

也難不倒你我的詩歌。但沒有自我，
鮑魚如何知道詩不是別的美味？
我又如何能一次摸全我的九個螺孔，

而不驚訝於原始的波浪並未忘記

我們是從海洋深處爬上陸地的？

我有粗糙的硬殼，只有巨浪

才在詩歌的夢中使用過

如此堅強的盾牌。你說的不錯，

硬殼上那些語言的黑斑，在秘密的契約中，

確實已成為珍珠般的光澤的，唯一的鄰居。

你猜，你我和語言為鄰的時間

要長過鮑魚進化的時間。我猜，你猜的不錯。

寫給喜鵲的信叢書

表面看去，兩件事
都無關生活的墮落：有點曖昧
但又不是曖昧得不同尋常。
第一件事，給喜鵲寫封信真有這麼難嗎？
無論你寫什麼，它們
都看不懂。但它們不是
一般意義上的文盲。
很多時候，你甚至能感覺到
它們有天賦的閱讀能力，
能在你之前讀懂風之書。
第二件事，那巨大的障礙
猶如一座冰山，但你克服了它。
給喜鵲的信已經寫好，
但送信的人呢。我們之中
真的沒人能送出這封信嗎？

於是，你開始想到我們的另一面。

隕石叢書

每次，聽到她說話，

那個聲音都會像一塊隕石

爆炸在蘋果的腦袋裡——

就好像只有不可逆轉的粉碎性

才能震撼那個秘密；

然後，衝擊波掀起的巨大的氣浪

將最後的稻草分散成

無數的冷箭，射向你最信任的

那個我。你的疑問是，就算是金子做的，

蘋果真有這麼漂亮的腦袋嗎？

孔雀的報復叢書

請不要介意我
把你描繪成一隻孔雀。
我見過很多孔雀，但還沒見過
比孔雀更像孔雀的人。
我以前見過的孔雀
都罩在籠子裡：低頭啄食，
眼神中像是卡著一顆小玻璃球；
偶爾，信步張開華美的羽屏
就好像我們無意間已誤入
它們求偶的範圍：曖昧地，
通過將我們混淆為潛在的對象，
它們像是可以報復
那些將它們關進籠子的人。
很顯然，那些籠子還帶來了
一種準確的慣性：密集的孔眼，
透氣性是否良好彷彿可以
不通過自由來解決。
待在外面，我們像是有資格同情
它們只能待在裡面：曖昧地，
通過將它們轉嫁為同情的目標，
我們像是可以恢復
我們曾有過的天真的面孔。

世界末日叢書

他們預言我的時候，

我還待在盒子裡。神秘的盒子，

但即使你無知到極點，你也曾見過

它的各種形狀。你願意的話，

也不妨親自動手試試。盒子的大小

不是重點。這一點，亞述人早就察覺到了。

亞述人製作了最有想法的盒子，

盒子裡只有影子。盒子裡只能裝下影子。

他們相信只要提到我的影子就夠了。

對於世界的腐敗，影子是最好的懲戒。

但我有更好的想法，我的影子

還必須加上你的影子。但假如懲罰

也不是重點呢？該死的波提切利

不會製作盒子，只知道畫畫；

為了討偉大的意大利的歡心，

他將我引誘到神秘的誕生。

從那一刻起，我常常會弄丟那盒子。

我感到我的影子被透支了，我的影子分散

並被稀釋進了每一天。但是，

每一天都有世界末日的影子

也不會是重點。就像今天，瑪雅人預言我

將以災難的方式終結所有的苦難。
但假如深刻的警示也不是重點呢？
我是不可預言的。關於我，
每個預言都是一片落葉。關於我，
我必須申明，每個預言都可能是對的。
所以，是否準確也不是重點。
真正的重點，我現在只能透露一半：
你讀到這首詩，表明這首詩還活著，
而我始終都會和你在一起。
或者，就讓他們重新再計算一遍吧。

世界睡眠日叢書

你登不上那座山峰，
說明你的睡眠中還缺少一把冰鎬。
你沒能採到那顆珍珠，
說明你的睡眠中缺少波浪。

如果你再多睡一小時，
你就會睡到我。但是，請記住：
和深淺無關，我這樣交代問題，
我始終在睡眠的反面。

你現在還看不見我，但事情
也可能簡單得像你現在還看不見蜻蜓
或螢火蟲：它們還在睡眠，
它們的睡眠從未出過錯。

它們的睡眠時間很嚴格，讓世界看上去像
一座早春的池塘。靠什麼保證質量呢？
如果我說此時，它們的睡眠像一份火星的禮物，
已在朝我們急速飛來的半途中。

世界詩人日叢書

同樣的話，在菊花面前說
和在牡丹面前說，
意思會大不一樣。更何況現實之花
常常遙遠如我們從塵土中來
但卻不必歸於塵土。
拆掉回音壁一看，
原來耳朵是我們的紀念碑，
但耳朵什麼時候可靠過？
怎麼看，心，都是最美的墳墓，
但你什麼時候見過一個美人
曾死於心。菊花在生長，
心，從裡面看著。
心，安靜得好像有隻蝴蝶
正停歇在籬笆上。
我承認，我是一個有罪的見證人——
因為除了陶淵明的菊花，
我確實沒見過別的菊花。

你所能想到的全部理由都是對的叢書

沒養過貓，算一個。
沒養過狗，算一個。

如果你堅持，沒養過螞蟻，算一個。
如果你偏執，沒養過鯨魚，算一個。

但是，多麼殘酷，我們憑什麼要求你
憑什麼要求我們應該比世界
更信任詩，只能算半個。

全部理由。微妙的對錯。
所以，我們的解釋不僅是我們的
失敗，也是我們的恥辱。

好吧。詩寫得好不好，算一個。

此外，我們沒見過世界的主人，算一個，
沒辦法判斷身邊的魔鬼，算一個。

皆寂寞叢書──紀念古龍

又到了反骨換金條的
秘密時間，浪子謙虛通俗，
而無價埋伏慧眼；不信的話，那邊
就有公平秤。儘管去，隨便秤。
僅僅憑藉肉身，懂生活太難了──
就彷彿人生如旁觀暗戰。
看著，看著，好東西
全都被寂寞出賣了；
我秘密地讀過他的小說，
所以，把西默農和西門慶放在一起，
談不上誤會。老外怎麼能懂
皆寂寞是什麼意思啊。
但我猜想，他在骨子裡厭惡
我們的秘密會坎坷於差異。
大器始終在那裡，酒，不過是
一種有趣，且深奧於並不深奧。
所以，我不敢肯定，只是推想──
真正的寬容其實全釀在酒裡。
唯有無趣，才因人而異。

必要的天使叢書

到處都是迷宮，但醫院走廊的盡頭

卻有迷宮的弱項。天知道

我為什麼喜歡聽到他

像買通了死亡的神經似地輕聲叫喊：

還有租船的沒有？其實，

他想說的是，還有租床的沒有。

但由於口音裡有一口廢棄的礦井，

每次，病房裡所有的人，都把租床

聽成了租船。一晚上，十塊錢。

行軍床上，簡易支撐起粗糙的異鄉。

快散架的感覺刺激著我

在黑暗的怪癖中尋求一種新平衡——

肉體的平衡中，波浪的平衡

後面緊接著語言的平衡，以及

我作為病床前的兒子的眼淚的平衡，

而靈魂的平衡還遠遠排在後面呢。

上半夜，我租的床的確像船，

而且是黑暗的水中一條沉船。

下半夜，我租的床像一塊長長的砧板，

很奇怪，睡不著的肉並不具體。

我的父親剛動過大手術，他的鼾聲像汽笛，

於是，在福爾馬林最縹緲的那一刻，

每個黎明都像是一個港口。

而我作為兒子的航行卻還沒有結束。

私人鳥類學叢書

我今天分別看到過喜鵲，烏鴉，
麻雀和楔尾伯勞。也許還有縱紋腹小鴞
但隔得太遠，沒法確定。

能確定的是，我和第一隻喜鵲的距離
是三十米，和第一隻烏鴉的距離
是四十九米，和第一隻麻雀的距離
不到五米。楔尾伯勞只出現過一次，
所以，我和伯勞之間唯一的距離是十六米。
也可這麼理解，我和這些鳥之間的距離
經常會變化。但算起來，我和它們之間的
平均距離在冬天是二十五米。

我有種奇怪的感覺，這也許就是
我和死亡之間的距離。見到你之後，
這感覺更像是一副骨架，撐起了百靈眼中的恐龍。

小輓歌叢書

遠山埋沒過天使。

但是，永恆的歉意裡不包括

永恆的錯誤和永恆的真理。

遠山如竅門，被成群的野獸卸下。

一切敞開，就如同自然的秘密就結果在

眼前這幾棵野柿子樹上。

論口感，野果滋味勝過傳統渴望保持沉默。

林中路曲折，落葉沙沙作響──

提醒你，落葉現在是記憶的金色補丁。

各種化身樸素於你中有我，

就好像我睡覺的時候，蝴蝶在小溪邊夢見我。

十一月的草叢中，竟然真的有蝴蝶

飛吻著奇妙的北緯三十六度。

嘿。大陸來的北方佬。你知道

什麼東西比本地人更習慣於

這冷蝴蝶展示出的冰涼的尺寸嗎？

最大的真實是包容無窮小，甚至是

包容最偏僻的風物。但現在的問題是

真實喜歡逆反蝴蝶。幽靈比天使更執著於傾訴。

正在唱出的輓歌，是中止的輓歌，也是即將委婉

永恆的輓歌。

起伏的輓歌，也起伏著十一月的蝴蝶

和你我之間的最後的距離。

我們的沉默細得像一顆白色的子彈叢書

你爬上我身體裡的山坡，
看見幾隻喜鵲在稀疏的樹林裡
整理空氣的秘密合同。

雪，打斷了冷漠的世界。
霎那間，我們的沉默細得像
一顆白色的子彈。

而我甚至還不認識你，但沒關係，
喜鵲，打斷了我的好奇。
開始融化的雪已認出了你。

艾曼紐・麗娃叢書

維納斯美容院裡，你不是我。

金羊毛還用得著塗色嗎？

揪一把，手心裡也許會握緊一個眼神，

就彷彿因為廣島之戀，

我，可以活得好像美狄亞

在2001年有一個會說漢語的弟弟。

在此之前，阿爾蒂爾・蘭波

厭倦了情色療法；因為

愛，在男人和狗之間，替非洲的沙子

做出了最後的選擇。意思就是

我不反對，自由，必須精確到

在太平洋的夜裡聽不到哭泣。

你就這麼想吧：巴黎的意義

什麼時候曾輸給過時間歷險記。

是的。藍白紅重塑了輪迴的雕像，

我像瘋了的馬一樣走動──

但不是因為寂寞的心靈，

但也不是因為波浪想隱瞞漂泊；

所以，即使沒有騙子托馬斯，

也輪不到我遠離巴西。

注：艾曼紐・麗娃（EmmanuelleRiva，1927-），法國女演員。

新的責任叢書

早市上，四月的秧苗
像黎明的繩子垂向
今年的時間之井。在別處，
你也許放下過同樣的繩子，
或拉起過同樣的繩子。
抱歉，我不太信任我們的記憶，
所以我會強調：繩子是不是同樣的。
此刻，隨著輕輕一碰，
我的心，已是井底。
說實話，我才不在乎你
是否熟悉青蛙怎樣越冬呢——
以及那從黑暗中傳來的笑聲
是否真的能減弱苦悶的象徵。
我在意的是，冬眠
即將結束，你是否已學會掂量
美麗的猶豫；尤其是
這些秧苗成大後，它們的莖蔓
是否會取代那些繩子。如此，
在絲瓜秧前，我猶豫了三分鐘，
在南瓜秧前，我猶豫了兩分鐘，
在冬瓜秧前，我猶豫了四分鐘，

但其中，好像有一分半鍾，

是給旁邊的黃瓜秧的。

在苦瓜秧前，我只猶豫了半分鐘。

毫無疑問，這些猶豫

和上面提到的繩子有關——

儘管如此，它們也幫我熟悉了

新的責任：我決定和秧苗們一起成長。

確切地說，一半是生長，

另一半是，很難分辨，生長即成長。

挖掘叢書——題記：雅安，一個巨大的傾聽

第一鍬，像我挖你一樣，挖我。

第二鍬，也是第十萬鍬，清晰得像

請把我從瓦礫中挖走。

第三鍬，請把我從語言中挖走。

再沒有比語言更深的坑中

才會有一次最深的飛翔。

第四鍬，請把我從新聞中挖走——

我不是你的兄弟，也不是你的姐妹，

但是，挖，會改變我們。

第五鍬，比第六鍬更像一個悶雷，

請把我從真相中挖走。

第七鍬，唪嚓，短促而精準，

巨大的悲痛中一個回音的切片。

第八鍬，不是很深，卻結束了每個人

都曾有過的一個巨大的渺小。

第九鍬，事情始於挖，但不會終於挖。

第十鍬，請繼續挖我身上的你，

直到挖出你身上的我們——

一個巨大的傾聽始終會在那裡。

唯有燕子為我們援引憲法叢書

我輕佻人類的盡頭

但是，尊敬大街的盡頭。

和田野相比，大街上沒有散步，

大街上只有遛達，就好像狗

一抬後腿，大廈的牆角便成了

硬梆梆的水泥籬笆。

這小小的報復還靈敏我們

缺少一種嗅覺。聞聞吧。

每個痕跡都有自己的經典，

但我們的本能已不適合閱讀。

低空中，兩座塔樓的縫隙間，

唯有燕子為我們援引憲法，

就彷彿我沒有別的遺產，

這麼多年過去，街頭依然是我的遺產。

兒童醫院裡的吊瓶叢書

兒童醫院裡的吊瓶
必須像你要講的故事裡的
貓頭鷹。五天裡，五只吊瓶
相繼拼擠在一隻貓頭鷹身上──
它吞下了那隻小鼴鼠。沒有小鼴鼠的世界
因一個可愛的懸念變得安靜了。
它又吞下那隻兔子。這主意挺不錯：
誰讓兔子在賽跑中輸給了烏龜。
接著，它吞吃了那隻青蛙。你必須想出
一個更安靜的辦法，把青蛙救出來。
它狠啄了大灰狼一口。現在輪到你猜──
比邪惡更安靜的，會是什麼呢？
猜不中，沒關係。只有繼續猜，
世界才可能會變得更安靜。
它是吊瓶變的，也吊瓶做的；
五天裡，吞下了那麼多小東西，
它的肚子開始有點像比薩斜塔。
但最重要的，它有玻璃翅膀，
它真的會飛。它能飛進看見不的疼痛，
然後拔出一根更抽象的刺，但摸起來
必須硬得像墨西哥仙人掌上的刺。

沒錯，因那銳利的疼痛有無知的一面，
所以，它從吊瓶變成貓頭鷹幾乎毫不費力。
現在又輪到你模仿那刺痛的尖叫──
就好像只有模仿出比宇宙更年輕的尖叫，
你才能阻止恐懼淪為一種惡習。

這前提或者這禮物難道還不夠好叢書

只有結晶才能啟發死結。
收到坩堝後，我開始尋找紫羅蘭。
當然，替代品很多，從連翹
到棠棣。茂盛可貴於
你很僻靜。至少牽牛花
看上去不像是在吹牛。
蝴蝶比空氣樂觀：是啊，
有時，僅僅談論蜜蜂像不像火柴，
就會點燃詩，有沒有靈魂。
所以，我猜想，語詞的蛹
其實有點害怕我們不是好人
就是壞人。靈魂不拯救詩，
甚至死亡也不拯救詩，這前提
或者這禮物，難道還不夠好？
其實，不必怪癖如鳳凰，
我們就能對等於身邊的
小小的神聖。畢竟，美好於孤獨
並不像有沒有天賦那樣
喜歡按門鈴。畢竟，著迷
好於詛咒，而我們的工作
就是沿詞語的流動，回歸到語言中。

我們是我們的葉子

但我們並不領略，但其實

這仍好於我們並不知道。

任何進展中，最重要的

不外乎是，我們是否和死者一起

發明過今天。其次才是

怎麼過裡，能攪拌出多少黏。

黏，像一條看不見的辮子，

將葦葉編進風俗的秘密。

人生才到五月呢。所以，你瞧，

好多秘密都關鍵於泡。

泡，就像一個僻靜的蓋子，

離奇於我們最終還是離不開

這些正潛伏在水中的

糯米。微微鼓脹，光頭於邏輯，

它們的，假想敵是我們的

生活背叛了我們的

動手原則。畢竟，我們的食物

是我們的發明，而我們的

發明，最終會完美我們的回味──

噫，絕對的懸念原來在雪白這兒呢。

望星空叢書——贈泉子

凡是在夜晚暗得像

一張獸皮的地方，我

便會保持沉默。畢竟燦爛的星光

糾正過所有的反光。

畢竟，在這絕對的糾正中，

從大海裡剛剛撈起的

一根針，也曾保持過

類似的沉默。畢竟，所謂的

一身臭皮曾完美過

人生的自嘲，就好像每個人

都曾在我們的沉默中恭喜過

偉大的金子。畢竟，好多迷惘

其實比金子更輕浮。

神農山下，在草地上

放倒身子時，我渴望恭喜的是，

今晚，燦爛的沉默如井：

很深，深得就好像

和山坡上的羊群相比

我確實信任過遙遠。

遙遠如同底片，黑得簡直不像

我們曾和駱駝，或野豬一起

穿越過那麼多偶然性。

而遙遠的意思無非是說，

在遙遠中我們才能清晰

我曾在身邊找到過什麼——

哦，星空，必要的，這些燦爛的針眼。

野狗叢書

髒亂的毛髮，迷離的眼神裡
像是有釘子還沒有拔出。
一團肉，但是比同樣大小的石頭更重，
滾動得也更快。一旦它滾動，
地平線就會平行於峭壁。
西西弗斯把更大的石頭
推向山頂時，它曾在一旁放哨，
或是充當臨時的見證人。
它能看明白所有的距離，
所以，它不希望你靠得太近；
當你把從麥當勞買來的食物丟給它，
從它敏捷的身手，你總算看懂了一件事：
對這個世界而言，比起你
它更善於判斷什麼才是垃圾。

看著它，你知道你的心
現在還不夠強大，你還不能把它領回
你的家。但看著它，你知道
有一天你的心終會強大到
為它指出，它能從你的命運裡
借走什麼，卻不必歸還。

突發事件叢書

上星期，我遇到過一個人，
他喜歡給自己身上的肢體起名字，
聽起來很專業。他管自己的左手叫福樓拜，
管自己的右手叫巴爾扎克。
他很講原則：有些事，你必須用左手去做，
而有些事，則必須用右手去做。

我問他是否知道福樓拜對巴爾扎克的
刻毒的評價：「要是巴爾扎克知道
怎麼寫東西，那麼他該多麼了不起啊」

他回答說，不知道。稍後像是被冒犯了似的，
帶著挑釁口吻問我：你知道
我管自己的左腳叫什麼嗎？還沒等我
將不知道脫口而出。他已揭曉了謎底：
他管他的右腳叫莎士比亞。

我現在有理由認為一切都是叢書——贈趙卡

阿爾巴尼亞插曲。露天電影
把我圈進羊圈。擠著擠著,
人肉彷彿回到了原樣。
細瘦的胳膊上蚊子包成串,
而我的早戀比拉著的小手指還小。
生在北京,但十二歲前
我沒見過不露天的電影院——
不過這確實沒什麼好抱怨的,因為
一旦陷入抱怨,會顯得歷史
毫無教養。很多影子其實很正派,
所以「第八個是銅像」。
我不覺得你會真想知道
我抬著的是不是影子,但我能感到
我的確被影子抬過。我申請
成立影子博物館,但未獲批准,
原因是過於風趣。和人性開玩笑,
浪費的最終是你自己的時間。
所以,在荒莽的巴山深處,
電影是我的聖經。而要理解這些,
得學會從時光中再次發明時間。
但回到另一面,我不得不說,

抱歉：我沒有關於童年的記憶，

我只有朝向童年的記憶。

沒錯。就漢語的感覺而言，

很多情形中，探索要比摸索高級。

比如在我的情形中，每個探索

都必須像喪鐘為誰而鳴，而每次摸索

都必須圍繞爐火為誰純青。

舉個例子吧：我探索伊斯梅爾·卡萊達

就像漢語反過來摸索我的記憶；

但其實，從我身體裡借走的東西，

我並不想語言再歸還給我。

結束時，窗外的雨聲表明，

淅瀝諧音洗禮，本身就已是很好的禮物。

我們確實說起過戒天才叢書

謝謝。其實看天氣，就知道
歷史其實已很客氣了。
雲，比風更知道如何
保持距離。裊娜包括被裊娜，
搖曳最後的信任，
就彷彿我和我的影子
單獨便能完成一個對話──
煙。戒了。因為吞雲術
像是在表演死亡
也是一種賄賂。這麼濃，
是的，輕蔑迷霧，的確能激發
一種人性的活潑。畢竟
每個人身上都有蘭波的影子，
但仔細一聽：天才，戒了。
還有什麼好滲透的呢？
甚至提前就想到了
這一招：黑暗，戒了。
曖昧的代價當然不會小，
因為必要時：靈魂，戒了。
昨天因人而異，所以，有件事
確實可這麼安排：今天，戒了。

所以，即使詩，戒了。我，戒了。

你仍然會讀到這一行：沉默，戒了。

最大的感覺叢書

給，還是不給？
猶豫時，彷彿有一顆櫻桃掉進了無底洞。

我提著我的行李，就好像
語言的重量從未背叛過我們。
我遞上我的護照，過關如參觀
動物園裡有沒有錯關虎狼。

走出機場，天氣預報說
未來幾天，宇宙的真理
多雲轉晴。但傍晚時，
我們的百年孤獨裡會下一場
莎士比亞般的陣雨。

好吧。小意思才愛糾纏老本行呢。
真理給我的感覺是
萬幸，至少我不是一個完美的文盲。
宇宙給我的感覺是
我，不止是我的可疑的添加劑。

好吧。講點實際的吧。
真正的感覺，究竟在哪兒？

全部的篩選低調之後，
我給我最大的感覺是
你，並不經常在你我的身體裡。

我送我達到我時，最好的牌
已被愛和虛無摸走。如果不細看，
歷史的終結彷彿一次私奔。

我給生活的感覺，像一封信一樣被退回。
我給你的感覺，我沒法判斷。
我給宇宙的感覺，看在真理的份上──
這他媽的，確實不關你屁事，
即使你聲稱有死亡在背後給你撐腰。

啦啦啦啦叢書

不必再廢話了。如果我

擅長的不是心曲，歌詞裡

怎麼會有這樣的萌芽——

今天即昨天。或者，地震中的墳墓

如同歌的喉結，我，猛吸

一口氣，將一個天才的傻瓜

劈成兩半，然後像靜靜地等待昨天那樣

靜靜地等待今天。

被解放的姜戈遇到了技術原因叢書

這是走出愚人節後

我給自己點的第一道菜：

說是壓驚，其實，也沒什麼驚好壓的，

更沒什麼困惑好兜售的——

雖然我能非常肯定

我以前從未在人生中扮演過

任何角色。我媽媽告誡過：

如果我進入某個角色，

那人生，就會真的變成一齣戲。

這一點上，我覺得

作為一個平凡的母親，

我媽媽比莎士比亞偉大，

因為偉大的莎士比亞沒能管住

自己的嘴巴，他聲稱人生如戲——

就沒見過這麼亮底牌的，

就好像沒能及時認出自己的角色，

就是對自己最大的不負責。

而我從來就贊成我們必須對自己負責。

這也是我點這道菜的原因——

據說，在去糖果莊園的路上，

賞金獵人舒爾茨提醒

被解放的姜戈注意控制好情緒。
不控制好情緒，就演不好
自己的角色，會把事情搞砸的。
不過說實話，一開始
我並沒打算借昆丁·塔倫蒂諾重溫
和我們有關的角色的秘密。
他是個鬼才，要不我怎麼會
把看電影說成是點菜呢？
但假如說鬼都不知道
他想的是什麼，這絕對是胡扯。
被解放的姜戈，一個原型，
外表黑點就黑點吧。
這一回，他心裡想的東西
絕對比這個偉大的黑鬼更黑。
所以在我們這裡，他遭遇技術問題，
純屬黑得正常。沒什麼好驚訝的。

必要的錯覺，或暮年比兒子更混蛋叢書

不看臉色，就可以交底。

火焰山又沒虛構靠左

還是偏右，怎麼對高低負責。

一到晚年，兒子就比暮年混帳，

僅指望婉約比青筋更靠譜，

這不是比瞎貓還胡鬧嘛。

早晨，出於習慣，母親打開

朝東的窗戶，就彷彿這是她用來溫習

世界不過是場夢的一個步驟。

而傍晚，出於曖昧的尊嚴，

她會按時打開朝西的窗戶；

有好幾次，我以為我看錯了——

在她迎向夕照的臉上

我看到的是輕微游弋著的曦光。

參觀對象叢書

五月的雕像因人而異，
你不可能認不出來。你只是缺少
一個機會。比如，吹一口氣，
用過的鑿子種下去
就會成長為一株果樹。

站在樹下，小小的櫻桃
反串安靜的骰子，儼然如
你一再錯過的那些開端。
澆水時，謹慎的微妙
像通往湖邊的一條小路。

偏僻的風景中，雨滴
像最小的磨盤，帶你參觀
大地的琴鍵。什麼意思
意味著你自己也有一份責任。
沒錯。飛過的，每隻鳥

都像一把鑰匙。如果你的耐心
按摩過悠悠白雲，世界上
就沒有打不開的門。

現在，門打開了：裡面的參觀對象
就像兩把刀抬起的一頂花轎。

洗禮叢書

走向洗禮的洗，就好像
儘管你身上插著皮管，
水龍頭也沒有擰緊，
但你依然是這些草莓的父親。
請再放點鹽，彷彿只有這樣，
你才能看清，除了果皮之外，
水，也是它們的皮膚。
如果你真看清楚了，很可能，
水，也是你的皮膚。

就是這樣，洗，不過是重新加深
你對世界之皮的覺察。

清洗之後，它們如新鮮的士兵
列隊來到你身邊，
就彷彿艱難的生存中有
一場只有它們才能適應的戰鬥──
它們新鮮如你吃下草莓，
就該有草莓的感覺；
或者，你吃過西紅柿，
就該醞釀西紅柿的思想。

農事詩叢書

我去過美國五次,或者四次。

每次,我都渴望參觀弗羅斯特經營過的農場,

據說它還在新漢普州。印象中,

我人在紐約,它離舊金山更近,

我人在舊金山,它才離紐約更近。

我想知道,弗羅斯特在農場時都種過什麼?

他的詩裡有玉米,但看上去像釣魚竿。

好吧,就假定他種過玉米,但種得心不在焉。

我猜想,他肯定也種過西紅柿,

因為這些番茄本身就紅,才不怕心不在焉呢。

我知道,陶淵明也在鄉下待過很多年——

他種過菊花,種得很專心,甚至可說

種得有點驚心動魄;但他似乎沒插過秧,

由於歷史原因,他也沒種過玉米。

有一次,我的旅行已經非常接近

新漢普州的德利了,但最終還是沒去成。

具體的理由已淡忘了,但也可能是——

我擔心陶淵明見過那些玉米後,

會不想再種菊花。或是對菊花

開始另有想法。當然,這種可能性很小。

最好吃的西紅柿叢書

人生的鏡子裡有種愚蠢——
這對你有好處。你愚蠢如彷彿
你能判斷你一點也不神秘。
你愚蠢如你知道軟和硬
並不足以區別西紅柿和石頭。
你愚蠢如你的愚蠢中有一種準確
就好像和西紅柿挨得這麼近，
但你不是西紅柿。你可以用鼻尖碰到
它們的紅胸罩。但這種觸碰
並不能改變它們的記憶。
它們知道為什麼最早它們會叫狼桃。
在它們的記憶深處，你的指尖
和狼的爪子沒什麼區別。
每天，洗好的西紅柿都會放在桌上，
看上去像一盞盞小紅燈籠，
隨即，它們進入狹長的黑暗洞穴，
消失在你的身體裡。你的腸胃
應該是它們最後參觀過的一個地方。

現在，參觀結束了。能提一個問題嗎——
為什麼你會害怕婚姻？

因為我還沒吃到最好的西紅柿。

確實有點意外。聽起來好像

沒有確切的答案，只有更鮮明的暗示。

我們身上的發條叢書

進入五月，不知不覺中

經歷已將體驗漂白；

你也可以這麼想，凡是最終只能

聽憑時光來稀釋的東西

都會暴露我們身上

有過這麼一根發條。

這麼多天沒下過雨了；

這麼多乾燥，沿地縫，麻木著

匿名的浮躁，而兩棵豌豆苗

正如你眼中又細

又綠的繩索，所以放晴後，

我首先想反思的是，

剛剛下過的陣雨，

就像一塊被烏雲撕下的頭皮。

萬一我們的洞穴不是我們的玩笑呢叢書

——贈耿占春

沿時間的線索，看不見的刀光
順勢一切，我們就有了
螞蟻之歌：身影確實小了點，
但不妨礙曖昧的大地
是它們的五線譜。點數著
人生中我們需要搬動的
那些東西時，我羨慕螞蟻
有六條腿；比我們準確，
比我們有更多的支撐點，
我的意思是，剛好是我們的兩倍；
當然，也要看遇到的人，
運氣不好的話，會算成是
我們的三倍。據說，螞蟻能搬起
比它們重一百倍的物體，
且很可能，這還是保守的估計。
更令我羨慕的是，不論我們的環境
複雜到何種境地，螞蟻
都能從它們的身體裡分泌出
不同的物質，以傳遞多達
二十種以上的意思。在沙漠，
螞蟻已懂得利用太陽發出的

偏振光，回到自己的巢穴。

回到自己的巢穴？但是萬一

柏拉圖搞錯了呢，萬一

我們的洞穴不是我們的玩笑呢？

我們很像螞蟻。螞蟻很像

再沒有其他的小昆蟲

比螞蟻更像我們的原型──

想起以前在多個場合下

說過的諸如此類的這些昏話，

在神農山下的晚風中，

我突然感到一陣強烈的不好意思。

空拳般的黃花嶺叢書——贈沈河

其實，從一開始，詩
就沒有對手。就好像生與死
不過是一種起伏。而鶴，顫動著
浩渺的小扇子，反動我們
不配在倒影中溫習我們的孤獨。

向西望去，連綿的峰巒
似乎也站在起伏這一邊。
有點意思的意思莫非就是，
我們原本也沒有對手。
我們怎可能誤解這些山水呢。

五月比四月更像仿古的器皿，
空氣裡飄著花粉和塵埃。
有時我不免會想，無論怎樣
至少空氣，沒埋沒過我們。
生活在別處瞞不過

自然的召喚：至少在這裡，
太行山醞釀赤手，從野薔薇
到金錢豹，甚至峭壁，均可報名。

我報名的時候，天已快黑了。
山上的風果然解渴，

而晚霞像牙醫，從無限好中
拔出了一顆巍巍的漏洞。止血時，
山下的城市已開始燈火點點；
從這個角度看去，有關的權力的黑洞
純粹是一個天大的誤會。

我們錯過了花期，但山坡上
野玫瑰卻依然如攤開的棋譜。
意思是，一旦依偎過輪迴，
只消一側身，裊娜的黃花嶺
便猛烈如一記的空拳。

神農山下叢書——贈 森子

本地的抽象只剩下
和新落成的院子裡新栽的
核桃樹一起懷舊，
鐵杆山腰裡的怎麼鐵
顯然比野玫瑰身上的金子
更耿直。紫白薯好吃得如同
大熊星剛掉過一顆智齒。
其他的暗示，最好是
聽憑山野菜來補充；
而且事實上，也是如此。
沒錯，加了蒜泥，涼拌才不管
你去沒去過李商隱的墓地呢。
從黃花嶺返回的途中，
野兔為我們演繹飛跑的前身。
私底下，我痛恨過客
是我們的底牌。到哪兒去沖洗
懷舊懷出的一身冷汗呢。
對螞蟻而言，我們尚未喝完的
酒，永遠是蝴蝶的瀑布。
哦，飛濺。我沒有怪癖恰如我的怪癖是，
我不相信只有少數幾個人

懂得這一點。任何時候，

與其說我們不如我們的舊，

莫如說我們正如我們的舊。

走出朱載堉紀念館，我的影子

未必不是我的舊址；

再轉念，就有點欺負

古蹟的簡陋了。畢竟這世上

的確有過最重要的發現。

比如現在，我們也可以假定

新詩就是一座黃鐘。十二平均律

敲打不開竅的音樂迷，猶如晚風

向晚霞兜售多元。三天之內

不乏好多年前，而懷舊的本意似乎是，

眼前就有神秘的友誼。

注：朱載堉（1536-1610），明代音樂家。世界上第一個發
　　明了十二平均律的人。著有《律呂正論》、《律呂精
　　義》、《琴譜》。

語言是一種開始叢書——贈夏漢

河流準備好了。
各種線索像五月的波浪，準備好了。

盤旋的鷹，像剛剛按下的開關——
意思是，好天氣準備好了。

刷過新漆，船準備好了。
甚至輕輕一拽，未知的航線

像繃緊的漁線也準備好了。
甚至，鈎子像原則，也準備好了。

比死亡更善於前提，
意味著，逆水準備好了。

如果你的妥協對象是詩如何真實於冒險，
那麼，最神秘的安全也準備好了。

語言是一種開始。其實這才是真相。
既然開始已準備好了，那就開始吧——

「我忙得就像划槳奴隸」。

意思就是，其他的解釋不妨見鬼去吧。

我們的矛頭應該指向誰呢叢書

燕子援引過憲法，它從樓群間

飛向大火燒過的

圓明園，就好像這種事

如果發生在太平洋的深處，而那裡

剛好有座冒煙的海底火山，

也不奇怪。奇怪的是，

在某種意義上，火，無論大小，

都是一種罪，而火光則是

曖昧的懲罰。至於燕子的自由

看上去彷彿也僅僅是

暫時經受住了理智的考驗。

假如燕子有罪，它確實沒有義務

向我們自證，它是否無辜。

但是，燕子已證明過的，算什麼呢。

燕子飛過清華，1995年4月

是一扇歷史的私人窗口；

燕子飛過窗口，它飛過時，

朱令沒有看見它，朱令正躺在醫院裡，

與死神巧合整個北京

只能找到三十盒普魯士藍。

而投放到咖啡杯中的鉈，

經過離棄的失竊，激動如鐵證

現在必須要經得起

鋼牙的邪惡。是啊，這麼小的空間，

這麼鬼沒，猶如實驗室裡的

幽靈，手伸出，又縮了回去；

這麼單純的劑量，投放的次數

不會超過三次；而有關的嫉妒

又被人性宣洩得這麼淺顯：誰讓你

每天十二點回宿舍妨礙大夥──

這裡，大夥諧音大火，純屬巧合。

而我們，隔著看不見的柵欄，

看上去像彼此懷疑的狼群。

不僅狼群，還危險如我們有

危險的矛頭。是啊，我們的矛頭

該指向誰呢？或者，我們

還是我們的矛頭嗎？或者，

在這美好的春天，真的有人有資格指出

我們的矛頭應該指向哪裡嗎？

第二輯

斬首的邀請叢書

有時叢書──贈呂葉

有時，你不是我。
這有什麼新鮮的，但有時，
這反而是一種機遇。
正如有時，空氣本身無色，
但是空氣，夢見我們在它的自由中
看見了一種湛藍。
有時，作為一個縹緲的對象，
湛藍是偉大的。比如有時，
在關注自我方面，特別是涉及
如何敏感我們的身體，
偉大確實不及渺小。
有時，有時渺小得就像
一道過於寬闊的縫隙。
燕子替我們飛過縫隙，
再飛回時，我們會荒唐地
管隕石叫燕子。有時，
我們只剩下這樣的辨認。
有時，我們只剩下有時，
有時，有時勝過永恆。

鵝耳櫪叢書
——贈 高 春 林

神農山上彷彿只剩下神遊。

雖只是擦肩，主客間

卻不肯輕易委身於而過；

畢竟一路上，反覆山影切磋人影，

多次相似於這葉形秀麗的

喬木植物，無形中

編織了我的大惑。沒錯，

我的確說過，我最大的困惑是

我從未有過真正的困惑。

困惑於人，幾乎是一種

不必要的恥辱。困惑於世界

被神秘的遺忘，至少

在我這裡，不符合生命的邏輯。

困惑於虛無還不夠過癮，

這根本就經不起你我的推敲。

太多的相似始於木質堅韌，

且樹皮粗糙得像歌喉。

多好聽的名字，即使本意並不指向

天鵝的耳朵，也沒關係。

我敏感於天鵝，就好像

我不是我的標籤。我的確這麼想過，

萬一它們耐旱的本性

在我們還沒準備好的時候

試出了你我的真身呢。

如此，茂密是它們的語言，

但沒準，也是我們的方言。

就好像太陽是一隻狐狸叢書

別的追逐都太真理，
看上去像迷宮裡
又發生了一次地震。而我
拒絕倖存，即使倖存
因為歷史的淺薄
聽起來不像是一種侮辱。

如此，我追逐我就好像
太陽是一隻狐狸。
火紅的晚霞中藏著
一團變形的毛髮，狐狸忠實於
黃昏，就好像黃昏
忠實於我追逐你我時
上了發條的月光
安靜得像一種盛大的直覺。

生日詩，或反動的迷惑叢書

不流淚時，櫻桃反抗
我們的記憶，猶如珍珠
反過來從裡面製作了
封閉它的貝殼。

這原則牽涉到一種硬，
一種反動的迷惑：要是弄錯了，
要是我們沒被表面迷惑，
要是櫻桃不亞於珍珠，要是

我們的記憶就是你我的貝殼，
誰負責打開我們？這最終的差別——
從海底撈起我們和從樹上採摘你我，
真的像你和我都沒騎過迷宮嗎。

斬首的邀請叢書

化妝舞會已結束。命運之神
藉機溜號。最好的時光
緊緊盯上了嚴肅的自戀。
剎那間，安靜是一顆頭顱，
世界只好露出尾巴。不輕信
死亡的吸引，意味著摘下的面具
像一條剛擦過熱汗的毛巾。
每個詞都有一個膝蓋，但這樣的念頭
往往只一閃而過。在過去
和現在的斷裂中，替身最模範。
燈紅，像一個年輕的男人
還沒醞釀好天才；酒綠，
像一個女人還沒學會對愛說謊。
風，借鑒了雨的好奇，
多數情形下，深淵是倒立的頂峰；
所以不難猜到，舞會上
還沒來得及播放的曲子名叫
「只有死亡才能把我們分開」。
跳了這麼久，饑餓，早已是
另一顆頭顱。記住，永遠都不要
和饑餓比誰最有思想。最真實的吶喊

應該聽起來像「我確實有點餓了」；
但是，夜，是更美麗的麵包，
已偷偷將永恆抵押給我們。
而那些星星，多麼像閃爍的碎屑。
一幅遙遠的肖像就這樣形成了，
所以，麵包也是一顆頭顱；
所以，假如你面對的是詩，
你就必須接受這個秘密條款：
語言是你正往外伸出的頭顱，
現實是你剛剛夾緊的尾巴。

最後的邊界叢書

我的皮也是你的皮——

但這不是事實，這只是

一個打過折後，可以被接受的情形。

蔚藍的動盪，想想看，

大海彷彿也有過同樣的情形。

進一步，我的皮是我的禮物，

也是你的禮物，但這也不是事實，

這也只是現在還沒有人

能站出來否定它：一個因曖昧

而委婉的狀況。很薄，但

大多數時候，和薄沒什麼關係。

很快，青筋凸起秘密航線，

我的皮，是我的黃河，

這一次，它與你無關。

我越過我皮膚上的河，像越過

最後的界限。幾次往返後，

我知道，我的皮也可以是我的大海——

就彷彿我的大海也可以是

已知的世界中最後的邊界。

我越過最後的邊界時，

我的皮，突然像記起了什麼

繃緊成一張纏綿的網。

直到你記住為止叢書

騎馬的人走向
雲的葬禮。含義變了，
但悠悠依然是一個藉口。
你不必太敏感，因為
什麼都沒騎過的人幾乎不存在。
沒錯，如果你沒騎過馬；
那些雲，確實和你沒一點關係——
它們只是白得像
警句的乳房，因安靜而蓬鬆，
低垂在科爾沁草原的上空。
如果你騎過馬，但只是沒留下照片，
偉大的證據也不會難為你。
因為此時，沉默就是最好的線索。
你騎過馬，生活，就有可能顛簸成
一個汗津津的背脊——
它比一個曖昧的背景
更貼近在你雙腿間開始收緊的
開始有點異樣的那種摩擦力。

紀念王小波叢書

到黃金時代虛晃一槍——
重新認識夢，這差不多是
最後的機會了。你的遺產飄渺得
像山谷裡的星光，幸運的是，
北京郊區就有很多這樣的山谷。
生活就像天籟，所以，
反愚蠢就如同反孤獨；
而四月的漢語像一個原址——
找不到回頭路，就只好去做流氓
像一個巨大的暗號。只有真相
從未忍受過真相。還是得
經常來山谷裡看看春天的花樹。
人與物，逃不過事情
有大有小：就像樹枝會分叉，
重新認識世界，意味著我們
還有可能重新分叉成
我和你。沿真實的荒誕性，
摸索最硬的東西，痛苦才不配
宇宙的風景呢。除了真他媽的
詩意，這是哪兒跟哪兒呀。

過於激烈的緩慢叢書

這麼慢，這麼僻靜，
這麼柔軟，但依然堅持
每個見到它的人
實際上都能以同樣的方式受益；

如果我不叫蝸牛，
這麼慢，就會有其他的含義？
但這樣的反駁，你只能在睡夢中聽見。
在現場，你想做的是衝過去

衝著它叫喊：嘿，蝸牛，
你有什麼權力爬在
我們每天都會經過的籬牆上
像這樣表演時間的特技？

像這樣受益了，誰能保證
我們還能變回我們自己？
難道，我們身上有你的影子
就該接受這該死的暗示？

最初的判斷叢書

請不要介意，這只是

一個遊戲。或者，請不要

多想：這不僅僅是一個遊戲。

現在可以開始了嗎？如果如果本身

是一種呼吸：如果你渴望的是

永恆的睡眠，請咬一口櫻桃。

請用你的舌頭學會最初的判斷，

並用混入了果汁的唾液

將它醃成一種甜蜜的記憶。

請允許我插句話：任何時候，

請不要誤解甜蜜。至於我們身上

還存有多少甜蜜，那是另一回事。

完美的弧度叢書

這件事，與你有沒有時間無關。

你，也許還有很多時間，
或者，就像有人在桃樹下提醒的──
我們的時間已經不多了。

如果你在西紅柿身上
尋找一扇門，你會找到我。
說實話，我吃驚的程度絕不亞於你。
從外表看，我和門
毫無共同之處。我對出口
或入口，完全沒概念。
事實上，我討厭出口和入口──
比如，迷宮有一個出口，
或者，天堂有一個入口。
我以為，你和他們一樣
在每個入口都浪費了太多的時間，
以至於在每個出口
都會感到剩下的時間不多了。
我從未有過類似的迷惑──
這也許是一個缺點。

我身上只有鮮紅的弧度，

從哪個角度看，都完美得像

一種提煉時間的陰影的方法。

所以，你確信，你要找的東西

真的是一扇門嗎？

2013年愚人節叢書

從早市上帶回一些草莓，
這很容易。或者，這根本就不是
容易不容易的事。你住的地方附近
如果沒有早市，羞辱就太曖昧了。
如果你從未去過早市，
談羞辱如何曖昧，又有什麼意義？
且帶回它們，就要處理它們；
而清洗，意味著絕不可一味依賴水。
所以，最簡單的方式是，
沿水平線並列各種棋子：
男人和草莓。或是，歷史和草莓──
味道還沒出來的話，
索性嘗試一下：上帝和草莓。
半小時過去，天平上
理應能剩下一點東西。比如，
你已能從思想裡帶回
份量同樣的草莓；就彷彿
詩，也可以是一種清洗──
比如像這樣，草莓沒有深度，
所以，說一首詩乾淨得像一顆草莓，
意味著今天也可以是愚人節。

愚人節前的頌歌叢書

動手吧，語言。在我們這裡，

現實是巨大的刑場。

清醒點吧。螞蟻才不像人呢。

或者，有太多的小東西比螞蟻更像人。

老鼠更政治，所以貓

不得不更講究各種黑白。

僅花色搭配一項，就可以

施展更多藉口，拖延更多時間。

因為太多的影子需要鑒別好壞，

所以大樹確實搖晃得很厲害；

但只要把坑挖得再深一點，

一個眼神，安靜就會取代恐懼。

就整個過程而言，每個跡象

其實都有明確的分工：

風是一塊黑布，用過很多遍，

卻依然沒褪色；好像還因為

浸有汗漬，看上去反而更黑了。

石頭的頭，被打飛過很多次，

最後還是鴨舌帽想開了。

後門很多，但別妄想現實會分裂，

也別指望現實會變成手繪地圖，

可以在牆上掛兩百年。
我們不會允許現實被語言出賣，
也不會放任語言被現實出賣。
小心點，複雜的傢伙，在我們這兒，
一句犬儒，就能製造出唾沫的大海，
將你的泳技美化個底朝天。
就說詩歌吧。假如你
無法寫得比死亡更真實，
你就會受罰。不是我們會把你怎樣，
而是命運會成為你的舞臺。
你已站在舞臺中央。你啊，你。
你還有什麼可申辯的。
你出現在那裡，你就已經輸了。
而一個正在到來的節日會拔出
它身上的棺釘，再次將自己打開。

丁香叢書

丁香已開始發芽。

這麼小，這麼新穎，

和往年沒什麼不同；以至於你擔心

時間之花在我們有限的生命裡

已搜集不到足夠的線索。

我呢，我只想放鬆警惕——

在丁香發芽的時候

正確於不是我們有道德

而是我們有足夠道德的謹慎。

我豎起了你的耳朵，

你睜開了陌生人的眼睛。

天使不必比魔鬼聰明，

但天使必須有魔鬼沒有的東西。

你說你沒見過發芽的天使；

我並不打算糾正你，我假定你

現在正看著發芽的丁香，

像看著發芽的時間。

最後，請在這裡簽名——

發芽的時間也許無法改變

命運的乖戾，卻能醞釀新的嗅覺。

紀念華萊士・史蒂文斯叢書

你身上有石頭但他們看不見。
他們身上有石頭，很多石頭，
但你身上的無關。軟和硬都貢獻了

太多的姿態，卻從未增進過
大地的治療。是的，石頭很聰明，
但石頭的聰明僅限於他們知道

我們離開石頭便無法打開語言的窗戶。
語言的窗戶也是春天的窗戶，
一下雨，你的呼吸就是最明亮的玻璃。

你身上有世界上最漂亮的石頭
但你並不信。石頭也不信：不就是躲到天平
秤不到的地方嗎？怎麼就最美了？

既然誤導時間的智慧這麼容易，
那就換種方式。你身上有世界上最重的石頭
但你的體重依然標準得像

三月的紅酒邊上的香椿炒雞蛋。

如果我寫詩，你腦袋的石頭會滾落到我的右手。

如果我寫的不是詩，你心裡的石頭會滾落到我的左手。

事實上你已不可能虛度春天叢書

你遇到一個謎就好像
我們正急需一只密封的箱子——
無鎖，無鑰匙，在打過叉的地方抹了蜜，
但不知道管用不管用。

你身上有東西看上去
像木頭，但我們卻無法把它砍掉，
然後刨光。要是我們身上
也有比雞翅木更好的原料，怎麼辦？

要是我們身上的鐵，發出了新芽，
釘子還願意站在籠子一邊嗎？
接著，有鳥來啄你，新鮮你比思想更嫩綠；
打了叉，且嘴上有蜜，你還有資格否認什麼呢？

你這學期開的新課叫什麼叢書

連接過廣播喇叭的電線
如今是狗腿下的跳繩。
遊戲還沒有結束。
遊戲裡多出了不只一條邊境線。

而狗，現在還不想跳舞，
狗有種預感，彷彿只要它一開始跳，
虛無就無法繼續隱瞞
世界歸根結底是屬於誰的。

但我們知道不論世界
是你們的，還是我們的，
都會有一個底線。
狗，從沒聽懂過喇叭裡說的是什麼。

狗另有天賦，它能看懂
手拿繩子時，人究竟想幹什麼。
狗跑開了，跑過去嗅野花；
狗跑回來後，它的嗅覺給我們上了一課。

死豬叢書

只要有假象，我就沒死。
只要你們中有人腆著臉
稱我為死豬，我就沒死。
只有在死人面前，我才是死豬──
但這種可能性太小了。
比起人熱衷醞釀的真相，
死亡過於廉價。所以，
我不可能就這樣死於假象
和假象之間沒有區別：
從假象看，我不可能死於淹死；
從假象的反面看，我不可能死於
凍死或瘟疫。黃浦江上，
渾水醞釀的漂泊，將我的身體
漂白得如此肥美，色澤光鮮──
我從未想過在起伏的波浪裡
我會成為一種新的傳奇。
沿波浪，尋找生物的共同起源
真是不賴。為什麼不早點告訴我！
這漂泊像是沒有盡頭，
這漂白像是非常徹底；但我依然記得
我是怎麼被推下水的。

無名者呢喃得不錯，每個細節裡
都有不止一次永生。
你們盡可以吃我。只要你們吃，
我就不會死於豬。不會死在你們前面。

馬糞叢書

久違了，馬糞。
新鮮的馬糞虛軟如
剛和豆腐打過賭的灰菇。
但耳朵呢，能聽懂這句話中的馬糞的
耳朵
在哪兒呢？
在你這兒嗎？

或者，婉轉點，天才的灰菇
味道鮮美得就像你看見止血藥失效時
很想說真話。

大街近在眼前。馬路卻很遙遠。
馬路上，我的童年曾像一桶潑出去的水。
輕揚的塵土纖細如
有一本聖書從未丟失過。
十一歲，我神聖如昆蟲記中的
每個對象都是你的聽眾。
但耳朵呢？一桶水
一旦潑出去，它製作的回聲
真的能在你這兒找到丟失的藝術嗎？

久違的馬糞確實讓真實的詩歌

看上去有點費解。

腐熟的馬糞能給苗床帶去一種幸福。

腐熟的素材只能面對一種冒險。

不瞞你說，迄今為止，我冒過的

最大的險就是，你不惜血本

追趕到偉大的詩中，咄咄逼問：

你，撿過馬糞嗎？

自我鑒定叢書

和你關係最硬的石頭
還沒被挖掘過。說服了鐵鍬的閃電，
挖掘只剩下一個意思：你是你的每一滴汗。
換句話說，比石頭更硬的東西多就多唄。
黑暗中，更多的愛，像一個被堵住的洞口。

那件事只和你的呼吸有關。
一旦你呼吸，你的呼吸就是從石頭裡冒出的煙。

我承認，我還從沒見過這麼美的煙──
就好像我們的世界其實從未大過一座寧靜的山谷。

另一種情形。烏鴉正檢測著春天的黑音箱。
你大聲叫嚷著，從來就沒有更多的愛。
只有霧的封條舔著沒門。
遠遠看去，沒門的籠子裡
好像只有你沒穿過新鞋。

暗香學叢書

上午，我活在梅花的左邊，

我的活，活在我的右邊。

我不想數我見到梅花的次數，我擔心

宇宙會給我穿小鞋。

我也不想數，一株臘梅的枝杈上

究竟能綻放多少朵梅花。

我害怕一不留神，我會把命運數丟了。

下午，早春的陽光像解開的細繩，

細得就好像另有一根繩子

正緊緊勒著時間之歌的脖子。

左邊和右邊全都不見了，

你站著的地方，不是太靠前就是太靠後。

所有的人都和梅花合過影了。

但是很奇怪，沒有人想到，你要不要也照一張？

生日共和國叢書

最吸引你的形狀
是塔。它就像一個鑽頭，
將我們排除在外，僅僅替你
鑽透了世界之謎。
眼睛裡有塔，耳朵裡
也就有塔。這是你
給出的邏輯。你用眼睛裡的塔
測量世界和你之間的
秘密契約。你用耳朵裡的塔
傾聽除了身邊，宇宙中
還剩下多少好玩。瞧，這裡
又有一座新出現的塔──
由你最愛吃的草莓
悄悄地堆築在蠟燭的旁邊。

隨著蠟燭的點燃，今天
將會有一番新舊交替；
而你也準備好了你最想猜的謎──
你的舌尖上好像也有
一座塔：你大聲叫喊著，
你們誰能告訴我，它看起來像什麼？

越冬叢書

和這些喜鵲一起飛翔，
似乎並不難。你的身體中
有東西輕盈如它們的份量，
甚至也有東西準確如它們的試探。

翹著尾巴，它們以你為鄰，
就好像你身上結有美麗的果實——
喜鵲能看到而你自己卻看不見。
假如我說，空氣是畢竟的籬笆，你不會誤解吧。

假如我說，和這些喜鵲一起游泳，
黑白分明於同一個身體；空氣的浮力
會緩和你在世界和現實之間做出的選擇嗎？
換句話說，人的面目中曾掠過多少鳥的影子。

比雄心更耐心叢書

我有個小小的野心
彷彿只有它才能讓我的雄心
重新盲目起來。我要記錄下，
這個冬天，我看到的每一隻喜鵲。
它們進入我的視野時，我的心情
是否墊有一個杯墊？天氣裡有沒有霧霾
像一輛戴著口罩的坦克，輾過
無名的權力？以及它們的叫聲
如何勾勒了它們的表情？或者更極端，
它們的黑白中有我們能看得出的表情嗎？
樹梢上，屋檐上，它們停留的長短
就好像空氣的脾氣比時間的脾氣
更能影響到我對現實的判斷。
微妙個屁。一個人每天能看到多少喜鵲──
這和現實有什麼關係？但假如另一個你
也有同樣的野心，記錄下這個冬天
你見到的所有的喜鵲；並且和我的記錄
做一個對比。你也許會記起來
我們身上有過一個禮物很像冬天的喜鵲。
太像了，特別是在早春二月，以至於
我的心是它的底片，可以反覆沖洗。

元宵節也叫春燈節叢書

漂浮在彷彿並不存在的河流中。

你的身上彷彿有東西
暫時瞞過了比心更柔軟的陷阱——
聞起來像黑芝麻同時愛上了
紅豆沙和山楂。它們因你而圓，
並因為圓，沸騰在任性的提示中。

它們提示，你的身上還有種東西
比引信更易燃，但點燃它，
你不會比一盞燈更具體。
本來就沒打算讓你這麼輕易得到
一盞燈。本來就沒安排讓人生的黑暗
這麼輕易輸給語言的黑暗。
所以，從明亮到漂亮，你
可以成為他人的一盞燈，
但出於幸運，你不能是你的一盞燈。

但出於安慰，更純粹的他人
可以是今晚的黑暗。鞭炮炸響，
煙花勾勒著脆弱的輪廓；

孔明燈升向夜空，它們的漂浮

不同於湯圓，看上去像一封著火的黑信。

獨自成蛹叢書

速度太慢了，以至於我的身體
必須是你的繭。

你好，蠕動的小肉蟲。
時間的籠子變形為囊形的禁閉室，
在裡面，自由墮落成一個謎。
你成長，依據生物的變態邏輯，
你逼近肉體和詩通用的
一種半透明的成熟。
如此，蛻變是你的法寶：
飛，翻新朦朧的翩躚，給虛無
送去一個真實的縮影。
如此，這麼細的絲，這麼緊湊，
足以和詩的時間分泌物媲美。

速度太快了，現在輪到這疾馳的列車
是我的繭。帶著密封窗的
囊形的環境。從江南到北京，
位置已固定好了，椅子卻可調節，
就好像白日夢側向左邊，
比靠向右邊更倫理。唯一的自由，

和唯一的不自由，都不過是

我是我自己的蛹。

真實的逆轉叢書

感謝如此完美的密封性。

車廂裡，詩，很容易真實。

只有你一個人在讀詩，

這是一種真實。其他的人都在忙別的：

吃著，喝著，玩遊戲玩累了，

就到真相中假寐一小時；

這也是一種真實。或者，

這更接近一種詩的真實。

感謝我們的遲鈍還能精確到

將詩的真實用於一種區分：

從表面看，你的真實少得可憐，

且包容在身邊的乘車人構成的

更廣大的真實之中。而從真相著眼，

你的真實猶如一滴水，危險於

隨時都會蒸發。但也許存在著

另一種可能，他們的真實

縮影在你的真實之中。

所以有時，一首詩就像一列火車。

所以有時，一首詩看上去

像一個終點站，但此詩不屬於此類。

擊鼓之後叢書

敲著，但沒有迴響。我們的心是他們的鼓。

繼續敲，沒有迴響但是有
越來越深的裂痕，他們的鼓
已敲成了我們心中的火山。

傳遞著，但看不見；
但看不見又不是無色，無味，因為
那盛開的花瓣像最鋒利的刀刃。

就彷彿只有如此邪惡的花
才能完美我們的愚蠢。
繼續傳遞，但我們伸出的手卻空空如也。

他們傳遞的花已將地獄開放成新的種子。

紅燈籠叢書

絕妙的一對。沒有點燃時，
它們看上去像靜物。

一旦點燃，它們會從靜物中復活，
及時趕到你所置身的黑暗中。

不要小瞧這樣的安排：左邊一個，
右邊一個；左邊的，本來也可以掛在右邊。

它們有點像，或者，豈止是很像；
一旦點燃，它們就是，你肥大的紅耳朵。

過年叢書

一年中，只有這幾天
我會比我們的影子更輕。

而你只有在此時，才會注意到
我們的影子就是我的腳。
比我們的腳更輕，但不是
我的醉，暴露我的頭，低垂得
像掛在門口的大紅燈籠。

我必須醉到，每天都像是一層皮，
如果沒及時揭開，我就會像我們一樣
被緊緊地包在噴香的肉餡中。
吃餃子囉。所以，真講究的話，
只有拔出的韭菜，才立春呢。

第一口緊接著第一響，
我飛上，我的天。然後隨你的便。
閃爍的亮光，清脆的迴響
交織成時間的底牌，就好像第十響
已擺平了絕唱的小脾氣──
你不在天上，還能在哪兒？

年夜飯叢書

如果我沒走進廚房，

如果我不能肯定，我的廚房

是我的洞穴，那麼確實可以說，

時間塑造了我，就像時間塑造了你。

但是，我的廚房就是

我漆黑的洞穴。我走了進去；

古老的味道全在，

全都集中在一個等待裡。

就憑這砂鍋，炒勺，蒸屜，筷子，

我重新塑造了時間。

如果我不能肯定，塑造時間

就意味著塑造你心中的味道，

那麼，如此頻繁地一再轉身，

我就會像隻老鼠，錯過我的驕傲；

就好像在這洞穴的盡頭，

我已錯過傳說中的惡獸，就好像

它的名字也可以不叫年。

就憑這大料，南瓜，肘子，米酒，

我塑造了我的廚藝。秘訣就在我煮過時間，
也蒸過時間，直到每個盤子裡的濃汁，

看上去像時間的顏料。
是的，畫中的主角已經變了──
從前，無需走進廚房，我就能吃掉一座山。
現在，輪到我的父母已無需再跨入廚房一步。

波拉尼奧叢書

墮落的世界其實遠不如

墜落的世界可信。父親在卡車上愛上

母親身上的開花的數學──

深奧原來也可以如此直接，

開花的數學從不會受到天氣的影響。

你記住了一個難忘的事實，

世界必須有南方，祖國

必須有南方，真正的詩裡

也必須有一個南方，就好像

四個輪子未必不是轉動起來的

兩隻手加上兩隻腳。前後隨你挑，

但是想倒車，撞倒了花盆

直接送美術館冒充行為藝術，

智利就必須找出小說的後臺。

從那裡看去，如果不加阻止的話，

世界的墜落和一枚分幣的墜落

沒什麼區別：瞧，現在就有

一個分幣，從你顱骨的裂縫裡

一直墜落到我的手心。

但是，你不會想到，他們也不會想到，

我攥緊的手心就是我的南方。

注：羅貝托‧波拉尼奧(RobertoBolaño，1953-2003)出生於智
利的小說家。

紀念馬雁叢書

據說，對一個詩人而言
最好的紀念就是讀他的詩。
從他裡讀出她。從你裡讀出我。
或者，從彈跳在枝丫間的喜鵲身上
讀出一個晃動著黑尾巴的無主。

寂寞的無主，是你用來劈開
我們的世界的一把斧子。
這麼年輕，是啊，斧子也可以這麼年輕。
所以，還是把它磨成耳環吧。
所以，詩，絕不是你的漂亮的裝飾。

2001年春夏之交，你無意中女扮男裝，
成了咄咄逼人的維特根斯坦，
而我，必須把羅素說過的話
更精準地調成弦外之音。
就詩歌而言，記住，任何時候，

都不是我們需要天才，而是天才
更需要我們。這需要內在得
就好像悠悠白雲經常瞞著白日夢

造訪我們身體裡的高山。

你的回應很乾脆，像一場雷雨──

好吧，那就給詩歌一個面子。

注：馬雁（1979-2010），生於四川成都，畢業於北京大學中
　　文系。著有詩集《馬雁詩集》。

啃春叢書

第一口，比骨頭還硬的
肯定不是你。也不是繩子鬆了，
狗，沒拽住，猛地衝向了
新的出口。那裡，剛繪過身的彩牛
正甩動尾巴，兜售風俗，就好像你很想解釋

你真的沒騎過掃帚。
直到第七口，咬春才比啃春過癮，
但外人只能乾瞪眼，就好像透明的蘿蔔裡
才有透明的氣。你否認你會發芽，
但我們不會當真。

瞧，牛筋像繃緊的弦
正在冰坨裡演奏比冰
更冷的琵琶曲呢。你聽不見，
難道會妨礙我證實，今年的春餅裡
有一個比漏洞更大的晴天。

白色的咆哮叢書

雪，我的白色的夏天，
我的盛大的遲到，我的白色的愛，
我的可愛的反對派，消極於
白色的積極，就好像唯有此物，
我可以和世界孤獨地分享。

我的白色的對聯，晃動的我對舞動的雪。
瞧，真正的支柱其實可以不止一個。

但是，為了對得更工整，
我還得讓你及時看出那個白色的複數
是如何在白色的咆哮中辨認
我和雪的。僅僅不同於白色的野蠻
已是獻給今天的一個細節。

信物學叢書

風塵的秘密間歇中，
禮物是它的皮，繃緊過
一個小宇宙。你被拉下了，
但你並不曾迷失。

再進一步，禮物是它的內容，
它的核心。事實上，它已充實到
即使是最神秘的肉
也不會有這麼柔軟的

內容。並且出於完美，
禮物也確實是它的肉——
全部的彈性飽滿得像
一個巨大的浮力，能浮起

我們有過的所有的沉淪。
撫摸它，就像撫摸遙遠的白雲。
所以，它充滿的是禮物，
但在你眼裡，它只能叫信物。

有一種懸念叫羞恥叢書

大霾和墳墓之間的
寬鬆的競爭終於有了結局。
比活埋更曖昧的懸念
是羞恥。死亡替我們感到羞恥。

霾時間，我像是來到了
水底世界。所有的建築看上去
都比海底的岩石睡得還安靜。
我們選擇過什麼，以至於我們的無辜

比海底的沙子有著更多的秘密。
我走動，但游動的感覺
更內在，就好像我在昏暗的洋流中
有個外號叫超級鰻鱈。

曖昧的美味才有如此曖昧的透明度。
所以，不是沒有一點點透明度。
假如沒有透明度，就只有呼吸的拳頭了。
最硬的刺已被漏洞套緊，所以

也不是沒有一點點能見度；
假如沒有能見度，沉悶的棉花
早就把大霾壓塌了。現在輪到我
做透析了：我替死亡感到羞恥。

好色的蔬菜叢書

意識到土地的意義
尚未被完全污染之後，
我愛上了種菜。我種的西紅柿
表皮上透著詩歌紅。所以，
我並不驚異於攢緊的拳頭裡
握著的有時是一道彩虹。
我種的小油菜泛著詩歌綠，
所以，新鮮豈止是一種滋味。
我種的四季豆富含詩歌胺基酸，
不偏食，偏心才有底牌可言。
我種的菜花讓詩歌的生殖器
沉重如碩大的花球，潔白而緊湊。
我種的南瓜洋溢著詩歌黃，
靠底色環保，本色才有面子。
我種的茄子像一隻小圓鼓
從內部膨脹著詩歌的紫色。
順便提一下，小說的紫色
已由美國人艾麗絲·沃克寫出。
1986年的夏天，我花了一個晚上
把它讀了兩遍。從此，覺醒的顏色
就由紫色來定性。我喜愛清晨，

也主要是因為一天之中只有這時

紫色才會準確地出現在天邊。

我種的那些蔬菜看不見

天空中的紫色，但它們喜歡我

起得比清晨還早。它們的喜歡

可以作為一種信任延伸到

我的色譜聲明中：我的時光只限於清晨。

我的清晨，就是我的上午和我的下午。

最隱秘的獵物叢書

剃淨雜毛之後，
你的皮和古老的地圖間的交易
就不再那麼神秘了。作為一個代價，

情緒出賣過比例尺。這有點像
在怨恨的語言之後，我們遇到的是愛的語言，
同樣盲目。而一旦它們盲目如

飄落的雪，就只會反彈出一種意義──
就好像此刻走在森林中交叉小徑上的，
不是一頭雄獐，而是你的替身。

只有大海能記住的景象叢書

周圍，飄滿了紅葉。

一大片海洋因你而生動。

即使你見過世界上最大的海，
它也不可能寬廣於紅葉的海洋。

最大的海以你為岸。
最紅葉的海洋，也以你為岸。

它假定你比我更愛這樣的懸念，
它假定，試試看，只要再飄下一片……

但不論怎樣假設，因為你，
樹上的紅葉總是多於地上飄落的紅葉。

所以，最重要的，依然是
你，或者你我，會在哪裡遇到你的時光。

解凍指南叢書

時間被凍住了。時間又化開了。

時間再次被凍住，摸上去

像光滑的柱子。圓的東西

就是比方的東西有感覺，

這是沒辦法的事。或者，這是想出了

多少辦法才剛安排好的事。

你看不見這些圓柱的原因很簡單，

因為你的衣服脫得還不夠。

冷，是一個洞穴。且從不曖昧。

所以，很冷並不意味著很深。

而你，每脫一件衣服，

時間就會赤裸一釐米。

但我們知道，其實沒有一種正義

配得上你的一絲不掛。

如果你的皮膚，不是你

最後的衣服，你的赤裸

對我們放在石頭上的骨頭來說

又有何意義？如果你無法想像

你的骨頭也是一件衣服，

這只能說明，我比你更失敗。

最露骨的暗示叢書

我和喜鵲之間的距離

對你有好處。你摸起來,硬梆梆的,

最露骨的暗示,或者,最深的記憶裡,

也不會有這麼硬的東西,就好像

有枝槍正頂著詩歌的太陽穴。

最近這段時間,只要一出門,

我就能看見喜鵲。

並且每次,都不會少於五隻。

但它們是五隻,還是七隻,

對你來說,真有那麼重要嗎?

我和第一隻喜鵲的距離

令現實感到尷尬。我和第二隻喜鵲的距離

令詩感到困惑。我和第三隻喜鵲的距離

令自然委婉政治。所以我說,

我一看見喜鵲,你就是最大的獲益者。

從隱秘的收益裡,我知道

只有愛,最終會原諒我們的蠢笨。

但是愛,有時太遙遠,而這些喜鵲

現在會原諒我們的什麼呢？
一隻喜鵲能輕易從另一隻喜鵲身上

看到它自己。我呢，在這多霾的冬天，
我能看見喜鵲，卻很少看見我自己。
假如我只從喜鵲身上看見了你，
這對真實沒好處。假如我不能
從你身上看見喜鵲，這對世界不公平。

從我們的規則上講，
喜鵲不是視野的產物；但是我，
或者，最深邃的你，必須是視野的產物。
假如我不能從我身上看見那隻喜鵲，
我就會錯過死亡像一件最珍貴的禮物。

白色舞會叢書

突然，這秘密的衝動
有了現實的一面，
伸手一試，它比你的大衣櫃還沉。

而櫃門敞開，裡面飄著的雪
像一把晃動的銀鎖。

比安靜更雄辯時，你的心
就是一把這樣的鎖，因我們開放的舞會
已完全變白而顯得愈發刺眼。

白色的遺囑叢書

我，被我的臉，遺忘在下面。
你的第一反應是，應該
遺忘在後面才對。
但下面更深，可以看見

雪，像隱蔽的世界裡的
唯一的銀幣。隨便花，
就好像直到這時，我的真實
才會是一筆冷靜到無限的財富。

冬眠的政治學叢書

每個真相只有留下比骨頭上的牙印
更清晰的痕跡，我們才能在半真
半假中喘口粗氣，所以大多數日子裡，
我們如何醒來，比我如何睡去重要。
但下雪的日子裡，我以為
我們如何睡去，比我如何醒來更重要。
因為你，我的睡眠比獅子還沉，
但這也可能只是我醒來後
看到你依然還在酣睡時的
一種事後的推理。環環相扣之後，
雪，長出了比誘餌更白的牙齒，
而獅子已是我們之間最大的懸念。
所以有時我覺得，最好的睡眠
取決於我能否戰勝時間的理智，
吞下一頭獅子。我吞下過語言的獅子，
但經驗不服氣。我吞下過思想的獅子，
但體驗不買帳。現在，我假設你
準備得比我更充分，很顯然
你的睡意比你的純潔更為激進，
而雪，也恰好成長為一頭冬天的獅子。

必要的節奏叢書

我弄丟過很多漆黑的夜晚，

而夜晚卻從未弄丟過我。

哪怕只有一次。哪怕星星像勃起的戒指

試出了比語言的中指

更閃爍的硬。所以有時

我想我知道，在你和我之間，

丟失是一種神秘的節奏。

重讀塞利納叢書

我就不再浪費帝國的時間
重複白天最深的願望了——
漫漫長夜是我的黑海，
一縱身，我游了進去。
水，果然比鯊魚的綽號還冷。
從此，美麗的語言不會再有
任何安靜的深度。

注：路易－費迪南・塞利納（1894-1961），法國作家。

冬天的秘密叢書

搖擺於三級或四級，
風，開始改編透明的絞刑架。
小小的落葉就能脆弱
我們的密碼，只有你
堅持在哆嗦的小池塘邊
等候那支麻雀樂隊。只有你願意
為冬天的秘密貢獻這樣的姿態。
所有的羽毛，都是搜集來的；
不抱怨，它們的漂亮才會深奧。
我深奧我們的祈禱最終
會被搖擺的風吹進冬天的心靈。
大約是這樣的，冰為你帶來了一個真理：
在我的真理到來之前，
它凍結，就好像起伏的波浪
也需要一張休息的臉；
而天氣一旦好轉，它便會融化，
緩慢而從容，那意思似乎有點明顯──
不會融化的，就不可能是真理。

北京陰霾史叢書

灰濛濛的陰霾並不能

從根本上改變這一切：

語言的監牢裡，你的皮膚

比我還白，但是，其他的曖昧

毫無可比性。我逃出來時，

剛被年輕的駱駝舐過的針眼

嚇了一跳。我，好像也被我

嚇了一跳。我確實騎過駱駝，

但說起來，好像還是騎馬更曖昧。

更多的刺激，將內心的哀傷

顛簸成一種忘我的遼闊。

北京的深處，好像有過一個草原，

為了給那裡陌生的石頭壓驚，

我自詡時間的囚徒，因為

死亡已是一門藝術，所以我

常常覺得時間反而是我的囚徒。

說白了吧：這短短的幾天，

時間的牢房裡又開始了活不見人，

與其說我是陰霾的囚徒，

不如說陰霾是我的囚徒。

第三輯

尖銳的信任叢書

小神話叢書

我睡在這一邊，於是那一邊成了真相。

我從未想到我的出身會是一個影子，

雖然我確實睡得比石頭的影子還沉。

我夢見你對試金石發誓，誰敢動我一根指頭。

我們瞞過了最聰明的語言，

我們睡在我的身體裡，於是那一邊，

開始隨翹翹板升高。而虛無並未因此就低於真實。

如果我醒了，地獄的保修期肯定已過期好幾個月了。

偉大的捕捉叢書

我去捉它。因為它想誘惑

我的語言。沙沙的奔跑，

乾冷的荊棘裡全是逼真的好心。

小痕跡冒充小領教，小動靜

安慰小冷門。但稍一絕對，

好意就彷彿只屬於蝴蝶。

而為了跑得更快，我只好鬆開蝴蝶。

沒準，我辜負了栩栩如生的標本裡

不止有一個深奧的世界。

我眼看就要抓住它了，但忽然間

就好像有條蛇從我的視野裡消失了。

原地只留下一條空繩子。

空繩子還會讓繩子繼續空下去嗎？

我撿起繩子，就好像語言的軟

忽然間有了一個具體的長度。

冬天的陽光靜靜地照著這個長度。

也許就是因為這個長度吧，

我想談論一下冬天的靈魂。

而在其他的時間，我談論靈魂彷彿只有

一個原因：我的恥辱不同於你們的。

就彷彿我的罪比我深刻叢書

我身上可以稱為黃金的部分

比我的語言冷：所以，很黃，

完全可以比一座發光的冰山更嚴肅。

但是，假如比地獄更嚴肅，

我的語言就會出賣我。

已不止一次了，我的語言比我的愛冷，

但這未必能瞞得過西北風。

我的愛比我的罪冷，

所以，肯定有人比我更需要迷宮。

我的罪比我冷，就好像我的罪比我深刻。

我的冷，不參與我的思想是否正確。

我的思想即使在最冷的夜晚

也常常會融化，以便我的肉體

能及時得到一個白鷺的倒影。

一旦這倒影開始模糊，我的正確

會比我的政治冷。我的政治僅限於你

比世界離我更近。如果我錯了，

這首詩會比所有的真相離你更近。

低於沉默的呼籲叢書

再往下。繩子突然斷了，
我墜向自我，就好像人的一生中
必然有一個反應比你我的墜落還快——
我的自我墜向繩子
做過的一個夢。怎麼看，
深淵裡的代溝都比乳溝漂亮。
抓緊啊。假如寒冷的空氣
已變成一隻透明的鉤子。

獲獎的影子叢書

你的新年的第一天
是從門前的落葉開始的。
落葉得到了屬於它的
影子的獎牌。你也會得到你的。
不必再爭了，天氣好得就像
一只大號的藍襪子──
伸進去的東西一定很重，
並且差不多要被凍僵了；
於是，遠遠看去，你的影子巍峨如
一座正做著早操的雪山。

雪人學叢書

其實，雪如果下得沒這麼大，

你照樣會失眠。有了雪，

最好的藉口就有了你的顏色。

但你的顏色，對我們判斷世界的好壞

真有那麼重要嗎。降溫之後，

天賦反而比天籟更冷靜。

猛烈的降溫好比猛烈的傾聽，天籟裡

有喜鵲投下的一枚硬幣：它賭你

已找到比雪白更好的藉口。

你借助雪，看清了你想看清的東西。

原來，夢從沒有騙過雪人。

假如這藉口還不夠確切，

那麼，你至少堆過三十個雪人──

作為一種神秘的政績，他們

在我們的時間中從未造成過任何損失。

他們比你本人更記得你做過什麼樣的夢。

太白了，就好像有一種權力

永遠不會因雪下得不夠大而過時。

比敬畏更雪白叢書

關於雪的樣子，你都是在白天看到的。

你的白天決定了雪的樣子，

雪，決定了時間的顏色，

並影響到一些神秘的情緒。

現在，我們把這雪白的觸鬚伸向冬夜——

那裡，在足以把地獄凍裂的黑暗中，

雪的樣子還會由記憶之光來決定嗎？

今晚的冷寂似乎就很恰當，

你決定去看看夜雪。在黑暗和真相之間，

你選擇的是：假如黑暗不能決定雪的樣子，

假如黑暗的時間只能混淆雪的樣子。

你已穿好衣服。隔著一個夢，

我擔心的是，一旦你關上那扇門，

那寒冷的世界裡根本就沒有雪的樣子，

只有你的樣子。而你卻不再能決定

任何事物的顏色，包括你自己的顏色。

在我們和雪之間叢書

它們當然很白，以便從慘白到蒼白，
我們能在陳舊的事物中重新安排我們自己。
但我們的恥辱不會這麼白。
突然，我似乎明白了一件事情：
在我和雪之間有一種黑熊才能聽懂的語言，
但是，你不是已冬眠很久了嗎？

只有永遠的雪叢書

一場大雪之後還會有

另一場更大的雪。但是這軌道

不支持這比賽。它只喜歡反省

這白色的風景；並趕在你到來之前，

吃掉這白色的邏輯。晃眼啊，

所以，這寂靜也代表另一種邏輯，

它剛剛背叛了白色的語言。但最逼真的是，

沒有最大的雪，只有永遠的雪。

好吧。就用你的真相梳理一下真理：

你不可能見到最大的雪，

你只能看見永遠的雪。

多好的酬勞啊。你最好的記憶裡

已有了一塊白巧克力。你背叛過死亡，

但死亡並不在意你是否背叛過它。

這想像注定也是白色的。

假如你不能想像昨晚的寂靜中

那些凍僵了的落葉如何擁抱我們，

你也就無法認出大雪中的這些腳印

是如何支撐我們身上的棕熊的。

秘密詩學叢書——贈 麥 城

接近謎底時，我們的故事

其實就是眼睛的故事。

這無關對錯。這只涉及你是否走運。

所以，用眼睛去選擇一個人

也許是對的，它意味著你必須學會

用偉大的耳朵去原諒一個人。

舉個例子吧。明天才是星期五，

屬於世界末日的日子還剩下五天，

而你可以用心去友誼一個人

是否比人類的秘密更頑固，更不可救藥。

尖銳的信任叢書

一年中總會有這一天，
你得學會信任寒冷，
從尖銳地信任到尖銳的信任。
第一種情形，說的似乎是
它會是你的一個起點——
就好像釘子，用個準確的小眼
就能固定住最冰冷的日子。
第二種情形，說的是
寒冷，實際上比你經受住了
來自內部的更嚴格的意義的篩選；
寒冷的意義並不比每一天
都像一片樹葉那樣更隱晦，或更明晰。
信任寒冷，該熔化的東西
到時候才會融化成一種自覺——
就彷彿真要和冬天的童話妥協的話，
也只有曙光才是你唯一的對象。

明天就是聖誕節叢書

像一塊彤紅的咖啡，太陽升起。
十二月的杯子轉動寒冷的早晨，
等待你的語言在我的身體裡
徹底醒來。是的。沉睡的時候，
你比一個影子更像一個還未出生的人。
意思就是，彷彿只要徹底醒來，
就會有用不完的水，神秘你
不是大師就是石頭。還可能有
別的選擇嗎？光的早市上，
喜鵲兜售閃光的瞬間。而寒風
像一疊鈔票，糾纏著柿子樹上
還未墜落的果實。我矛盾於記憶
或許是出於一種潔癖：一個記憶
假如不像一根繩子，或鞭子，
它如何更好地為你我服務。

我們的空氣裡為什麼會有這種味道叢書

白色的孤獨結成了冰，

但語言並不信任它。

到目前為止，那上面只有鳥和落葉。

於是，太薄了，但其實並不危險——

是它不得不向所有人講述的一個故事。

但是，據說我們聰明到無法

僅僅滿足於故事。我們聲稱，

恰恰因為寒冷，任何人都不可能薄到那一步。

曖昧啊寒冷。比從前更曖昧，

確實有助於寒冷糾正一個普遍的錯誤。

比如，傳奇將我租借到

光禿禿的樹枝上，我卻夢見自己

被巨大的叉子叉著：就彷彿氣氛一旦不對，

透明度就會取代深度，

無論你在哪兒，空氣會因我們剛呼吸過它

而變成一塊透明的肥肉。

只剩下語言那白色的呼吸叢書

雪下得比從前的紅樓夢更大了。

我已看不見自己。

迷失？但我才不上迷失的當呢。

我的處境比雪白還白。

我的呼吸只剩下語言那白色的呼吸。

我深在雪的孤獨中——

這和他們的深不可測有什麼關係？

我邀請雪和我一起觀看「我已看不見自己」。

因為人中無人，或因為

白色的自省是一種極端的可能；

所以，我要去自我的深處

安慰一個偉大的小丑。

假如你的眼光不是像真理一樣挑剔叢書

因為這些落葉，你出現在就九百年前
或一百年後，是件很容易的事——
窸窣的響聲舔著垂直的記憶，
直到它成為一面生動的鏡子。
很多時候，鏡子其實就是捷徑。
反光反到哪一步，才會向你示範
命運也只是用去了這鏡子的一半呢。
並非每條捷徑上都會飄有落葉，
所以，光聽聲音，它們確實不曾失誤於天籟；
所以，光看小動作，它們像是在翻弄
你還沒來得及用過的那些小口袋，
那些在加速的時光中變得有點遲鈍的小口袋。
沒錯，假如你的眼光不是像真理一樣挑剔，
每片落葉最終都成為一面這樣的鏡子。

倒計時叢書

叫它們白色的小傢伙，

最冷的蜜，馬上會跟我們反目。

其實，舌頭偶爾像白色風鈴，

也不是什麼大錯。犯不著到處嚷嚷

白色的精神究竟招誰惹誰了。

它們吸引我們自有道理，

至少，一片雪花負責過一個詞。

它們吸引我們，就好像我們的皮膚

除了裹住我們的身體外

還另有一個殘酷的秘密。

就憑著這小小的雪白，它們讓時間走神，

也讓我們在雪白的時間中走神。

因為它們，我們很容易走到一個盡頭。

沒錯。每個盡頭只可能是白色的。

小詩學叢書

因為這幾滴鳥鳴，
冬天的早晨找到了它的
泛著霜白的沉重的嘴唇。

如果是在夏天，同樣的時刻，
同樣是這些鳥，它們的鳴叫會亢奮而持久。
但在那時，你不太會關心夏天的早晨

能在我們的秘密中對出怎樣的嘴型。
因為怎麼看，升起的紅日
都像一顆剛剛被拔掉的大牙。

來自深處的聲音叢書

它屬於你，就像你屬於蒼白的火。
但它不是你的底牌。你不能用手指夾起它，
掀到可能會改變你命運的那一面。

我們多看一眼冬天的新月時
偶爾會猜到你也許不僅僅屬於
蒼白的火。飄過來的嗆人的味道裡
有烤過的蝴蝶肉。輕輕再一舔，
回味中不乏跑調的芹菜汁。

所以，關鍵是要弄清楚，越界之後
還有哪些東西有可能是最神奇的燃料。
既然它屬於你，我們就假設
這是個很好的開始。是的。只有唱出來，
那燃燒才會本色你的秘密。
沒錯，有些東西只有唱出來，我們的空氣
才會為你做出一個透明的裁決。

波浪的眼光始終是最準確的叢書

我們的身體是我們的河岸。

為什麼不是湖岸，可以有一百個理由，

為什麼不是海岸，至少有一萬個原因。

所以我相信，波浪的眼光始終是最準確的。

你感覺到我的身體時，大河正流經

世界的起點。但我不想和你討論

世界為什麼會有這樣一個起點；

我不想把一隻鳥弄得太累。

或者為潛臺詞著想，我不想讓沙子變成

唯一能讓我們冷靜下來的東西。

沙子應該去幹點別的事情。

我知道，沙子曾是最細膩的嚮導，

它比爬來爬去的螃蟹思考過更大的範圍。

凡是沙子思考過的東西，

我們都會用你的身體把它固定下來。

此岸由世界上最好的沙子組成，

對岸未必不是彼岸；但更主要的，

此岸未必不是對岸。我們都誤解過此岸，

但幸運的是，波浪的眼光

不僅迷人，而且始終是準確的。

比太平洋更深的地方叢書

就剩下這最後一個死角了。

迎面，牆高得像你做過的一個夢

無意中為世界挽回了一點面子。

還有一種可能，它高得連兀鷹都飛不過去。

但這些落葉確實是從牆頭飄落下的。

接著，你會遇到最可怕的陷阱。

有些東西取決於想像，無非是說

想像總要比仁慈先走一步，

而這些落葉也還會繼續飄向陷阱的底部。

夢，是你的陷阱。不過這總好過

好多傳記比陷阱還像陷阱。

還剩下點時間，你還可以再被迷宮潤色一遍；

就好像所有的替身中，夢和你走得最近。

夢，一直走進你的內部——

那裡，比太平洋更深的地方

摸起來像美人的後腦勺。

比無底洞更黑的地方，滴幾滴冷汗

就能立刻擺平死亡或絕望。

風景就這樣改變了。很多事情都是如此，

不論你的申辯是否有效，

也不論你是否想像過比夢更高的牆。

作為一個節日的回聲叢書

令我們感到羞愧的鳥
還沒有出現過。所以，扯鳳凰的蛋，
並不能讓德國人變得聰明些；
它也不能讓烈火學會左勾拳，
頂多是讓烤過的腐肉散發點聰明的味道。
偶爾，我會想到，有沒有殼
其實是一個不該被忽略的細節。
那聲響雖然細小，且在這個季節，
很可能還會顯得不真實，
但它的回聲卻像一條固執的拉鏈，
將我們心中最漫長的記憶緩緩拉開。

魚輪給過歷史嗎叢書

慢慢來。像楓葉的影子正摟著你，

或是，像你的影子正抱著我。

顫悠的魚竿在冷風中兀自敏感。

但是慢慢來還有層意思：

比起水的記憶，我更想深入魚的記憶。

熊掌好吃吧。但很可能，好和吃

都誤解過我的胃口。每個人其實都比誘餌幸運，

很多事情，只是他們自己不記得了。

我是我的誘餌，所以要慢慢來，

我釣到過我自己，所以慢慢來

想知道你究竟是誰。或者，魚輪給過歷史嗎。

你所說的曙光究竟是什麼意思叢書

對早市上彎腰攤開

塑料布的人來說，它叫大清早。

對將要飄落的樹葉，它叫黎明也可以，

叫拂曉也可以。但絕對不能叫

濛濛亮。對將要熄滅的街燈，

它叫什麼，關係到黑暗是否像

一塊即將被突然抽去的布——

所以，它最好是叫黎明。

對躥出大門的狗，它叫早晨比叫清晨正確。

對你而言，它叫黎明還是叫早晨？

關係到你會怎樣醒來。

注：詩題借自海子的詩《春天，十個海子》。

或者，飄叢書

落葉，像榔頭，

砸向空氣中的飄。

你飄過，飄，就是你的身體——

它另類到空氣怎麼可能會出賣飄。

每片樹葉都像一個榔頭，

砸向剛從你的喉嚨裡

呼出的空氣。梧桐葉代表梧桐榔頭，

爬山虎葉代表爬山虎榔頭；

當然也不會落下你喜歡的——

柿子葉代表柿子榔頭。

或是，銀杏葉代表黃色的榔頭。

也許與楓葉有關，紅色的榔頭當然會受到

落葉的顏色所代表的情緒的影響，

但是，砸本身，卻沒受干擾。

據說，我們死後的魂靈

會從已被呼吸過無數遍的這些空氣中

準確地找到適合它輕重的身體——

那些游絲，只有三毫克存於

嚴肅的半真半假。所以，飄，矛盾於

你曾捕捉到閃過腦海的榔頭。

反思想叢書

等你學會得了信任
只需將一根菠菜彎一下，轉個圈
跳舞的菠菜就會變成
一枚戒指

就是這樣叢書

讓鑽石的悲哀歇會吧。
跟孤獨講大道理，你講不過
一枚跳水的楓葉。

流動的水。那是它的床，
它為自己的飄落發明的床。
那意思是，飄落的東西還會浮起，繼續旅行。

我就不跟你講我和落葉之間的差距了。
如果我還活著──
這奇蹟，勝過你從金星帶回的一根香蕉。

西紅柿城堡叢書

玩硬的，會輸給時間和沙子。
玩軟的，會輸給我們現在還不能認清的罪。

在真正的懲罰開始之前，
我們不會意識到，你，浪費了
多少屬於你的機會。

但是，你說的這些，全都是藉口。

真到了有沙子的地方，
讓金黃一反襯，即使滾起來像一個紅色球，
也沒法阻擋：西紅柿必須蜷縮成
一個鮮明的警句。

可以觸摸的，肉乎乎的，
可以被吃掉的，彤紅的警句。

我們能有抽象的饑餓
純粹是我們的幸運，雖然
這依然可能是你說的──藉口。
一座建築，開始接住影子遞過來的紅磚頭。

所以，它能勝出，並不是因為它旁邊放著的刀子
比我們的記憶更精通尖銳的妥協；
也不是因為我們是否有過一個完美的童年，
或是，你剛參觀完一個南瓜城堡。

第一次擁抱叢書

在溫暖中回到黑暗
回到那彷彿只屬於你的黑暗，
在黑暗中不斷感到溫暖
那只屬於你我的溫暖；

據說，這就叫第一次擁抱。
以前，你肯定還陷入過很多擁抱，
但是，記住，和溫暖的黑暗無關的擁抱──
不能被稱為第一次擁抱。記住，這很重要。

白霧叢書

許多東西都應重新起一個

更恰當的名字，但白霧

不在其列。從郵局回來的路上，

或是正準備走下地鐵口時，

它龐大如螞蟻夢中的巨輪的底部，

它虛無如白色的帝國裡

有一個位置適合你當詩歌的醫生。

它其實不必很白。它比縹緲更有性格，

它不會被自己的本色所誤導。

它也不會讓白色來左右它的情緒。

我們都曾被瀰漫的白霧耽誤過，

但它卻從未耽誤過它身上的白。

它也從未委屈過它身上更抽象的東西。

比如，說你像霧，和說歷史像霧，不是一回事。

不過說到底，白霧和白鷺只有一牆之隔，

所以，假如能拆除這面牆，

或者，僅僅是在牆上鑿出

一個至少能讓貓鑽過去的洞，

你也許能聽出我們合在一起的名字

起得是否準確。是否比那白色翅膀的顫動更劇烈。

候鳥叢書

它們還沒飛來時，每個人離魔鬼天使都很遠。

它們快飛來時，每個人都緊張於

我們不是魔鬼也不是天使。

它們快要飛臨時，我們忙於聲稱

我們既不是魔鬼也不是天使，

但這並不意味著我們就很無辜。

它們飛得越來越近，近到你甚至可以看清

雪白的羽毛上那些輕微的凹痕。

這時，是不是天使或魔鬼已不重要了。

重要的是，你不能讓你的舌頭把你變成垃圾。

假如還有機會去伊斯坦布爾的話叢書

空氣裡不斷有繩子鬆開的響聲，
而有些吹過來的空氣本身
就像一股瓦藍的繩子。我看見海鷗
繫緊的扣子，鸕鶿只需兜個小風
就能把它們解開。最先被鬆開的，
當然是，藍。那是什麼東西？
因為藍而變得傲慢。但是，藍，
從未像我們那樣犯過傲慢的錯誤。
我希望我能正確得再慢一點。如果可能，
我寧願正確地成為最慢的人。
紀德吃過的魚就比瓦雷里眼中的蜥蜴
慢得真實而完美。卡瓦菲斯喜歡吃東西，
在北京時間裡叫茄子泥；至於鏡子，
不論誰用過的，常常會因蜂蜜而昏厥過去。
偉大的慢人。嘿，難道你
不覺得茴香酒好喝得足以能令世界
保持一種微妙的平衡。但假如你不熟悉
事物的內部，這些很可能是後話。
碼頭上，溜達的狗，不論大小，
覺得所有的人都是自己人；
不信？你可以去問問褲兜裡的火腿腸。

六月的美麗的早晨。暗號是，

諸神渴了。對，還是不對？

你都能得到一份屬於自己的禮物。

走馬，是一套，觀花，又是一套；

但不是友誼出了問題。需要擺脫的事物

和需要醞釀的事物在這裡交織成

棕櫚樹下的偶像。我假定這陌生的城市

已陌生到不再需要我的耐心。

改造，即打亂感觀。其次才是

打亂時間。抱著偏見，面對真理。

通靈人，一再改頭換面，因肩負著全體的責任，

所以，他現在要替我們去餵貓。

比早餐更早的馬爾馬拉海叢書

隨波濤改變的事物

提前顯形了。我沒有觸角，

但這並不妨礙我坐在蜂蜜的秋千上

吃帶翅膀的早餐。

小小的桑葚，給土耳其酸奶注入了

白雲的真理。請隨意品嘗的結果是，

這自由有點發黏，但可隨時塗進婉轉的肺腑。

我，快要認不出我了。但我會永遠記得你。

我沒有尾巴，怎麼揪，都對我不起作用。

從護欄上輕輕一躍，一個消失

就能將我變成這陌生的街道深處的

任何東西。一片落葉，或一隻剛剛交配過的貓。

我的瘋狂是我比海鷗起得還早。

每一個間隔都不會輸給洶湧的落差，

如此頻繁地，我，破著我的秘密的記錄。

從烘烤的異味中，我貢獻我。哪怕你已不在對面。

從碼頭上返回，鴿子只要一降落，
旁邊就會有裝滿水果的籃子；我印象最深的是，
黃杏安靜得像海豚的眼睛。
他們說，馬爾馬拉海中沒海豚，
我的總的態度是，請別擔心。

没有這深深的裂痕，它們

將永遠也沒機會看到

對方眼中的自我。它們的固執

獨立於我們可以從我們的身體中搬走

最深的石頭。但現在就下結論

還為時尚早。最酸的遺囑中，

海棠有翡翠的表情。綠李子尖叫著，

滾下茴香酒的瀑布。最甜的記憶裡，

鮮杏中的黃金已被動過手腳。

兩岸的遺跡中，漫長的跋涉，

顯然從草地上掠動的鷹影中提取了

帶刺的啟發。一隻訓過的鴿子，

就能改變歷史。所以，第奧根尼

只信任燈籠。而蘇格拉底寄出的信中，

有一封只投遞到伊斯坦布爾的

橄欖樹下。它向任何敏感的動物開放，

它尤其喜歡貓來讀它。而我讀過的最好的哲學，

假如在離地半米左右的地方，

影子比陽光更正確的話，它的意思是，

完美的休息中有一個

最好的錯誤。我確信你以前肯定說過──

這一次，我休息得很完美。

我的聽力現在很強大。說吧，

比駱駝臀部更高的新聞，還有哪些？

歐洲的腳，亞洲的鞋。試穿之後，

夢，像一個暗紅的尺碼。任何衡量

都抵不過一次秘密的教訓。

一周之內，我往返了很多次，以至於我的目光

可以輕易地在兩岸之間搭起一座橋。

橋下，小貓結伴數著防波堤上的漏洞

有多少適合充當臨時的天堂。

只要風力稍一減弱，海水和影子

便開始當著我們的面，交換時間的獎品。

只要我攤開手，你的手上

便栖息著禮物，比葡萄的翅膀還要入木三分。

金角灣叢書

伊斯坦布爾的藍泡我
就好像我剛剛誤食了禁果。但烏鴉可以證明
我吃下的不過是一串葡萄。

酸甜的小燈籠，我們無法進入的黑暗，
它們憑融化幾個自我
就能輕易地進入。我們無法照亮的地方，

只要經過一陣融化，反覆滲透，便可被它們照亮。
它們比禁果的滋味更強烈，
更容易贏得我們對時間的反抗。

至於你，你不必為我必須從烏鴉那裡
取得有利的證據而感到羞恥。
應感到羞恥的是，海浪的聲音聽起來像齒輪在轉動。

好吧。我們就以禁果為例，
巨大的藍泡我，就好像我可以從陌生的器皿中
品嘗到一個純粹的自我。

注：金角灣，位於土耳其的馬爾馬拉海。

茴香酒叢書

我不能就這麼草率地回答你──

假如你問的是，你這次在伊斯坦布爾最大的收穫是

什麼？

因為我正在喝茴香酒。有大杯子的時，

我在喝茴香酒。杯子變小時，

我依然在喝茴香酒。沒有杯子，

沒有酒瓶時，我還是有辦法能喝到茴香酒。

馬爾馬海邊的北京時間，

我喝茴香酒是因為我想戒掉

我的純潔的恐懼，戒掉時間的錯誤，

戒掉你的音訊全無，戒掉我的本能的警惕，

直至戒掉我的深刻。我必須喝得

再慢一點。慢，但是不代表

刺激不到位。猛烈的記憶，

據推測，詩的友誼也想像它一樣

擁有一個神奇的配方。將肉桂，丁香，薄荷

混入蜂蜜，甘菊，檸檬，似乎不需要

太多的想像力，所有的配料均取自

當地豐饒的物產。在蒸餾過程中，

釀造者發現，任何事物，想要完美的話，

只能從改變比重入手。他慶幸自己的哲學嚴謹於

每個人最終都會受到口味的啟發。

所以，飲用它時，我是出生在北京的埃及人，

此後，以一小時為間隔，

我分別是出生在北京的意大利人，希臘人，

土耳其人，西班牙人和法國人。

我的胃口好得就彷彿它還是一種藥酒。

鰻魚湯叢書

原以為渴了，事情會變得簡單。

好味道動盪肺腑，令風水恍惚於肝膽相照。

你不一定就不是我。變成魚，

也難不住必要的收穫。

而距離的組織，無非是不經過組織

也能保持神秘的距離。

一小時前，也是一萬年前。

但是點火之後，新舊的意思完全變了。

不就是和陶醉作了一個對比嘛，

不就是勺子飛得比在夢裡好看嘛。

不就是原來沒想到

有一種渴是喝出來的嘛。

其實呢。喝，不過是將發亮的小鈎子

扔向一張不斷下沉的網。

網裡，鰻魚知道的事情比憲法還多。

巨滑的美味，廣闊的穿針引線，

不就是燉過之後，用碎片完善具體的敬畏

比原來設想得更現實嘛。

要麼就是，假如沒有回味，

這腦海如何對付被灌輸，被洶湧，甚至是被寧靜。

入秋以來最晃眼的東西叢書

就這麼隨意把積了雪的馬路

稱之為白色的道路

不太好吧。不針對其他顏色的道路

就不好色啦？得意於雪

總不該是人比雪更委屈。

什麼都不講道理了，但卻躲不過白茫茫。

你不再受困於渺小的原因

講出來還真有點白得晃眼。

就比方說，眼前的道路

如果沒下雪，總會人流熙攘；

積雪之後，有過幾個瞬間，

彷彿只剩下你，獨自面對大野蒼茫。

伸過來的天堂叢書

鴿子沒有手，比鴿子更漂亮的孔雀
也沒有手，所以，禮物遞過來時，
你的手讓我入迷。

你遞過來的，是比鴿子更溫柔的兩隻手。
不僅如此，比白色的記憶更白的手，
像伸過來的兩座天堂。

不分前後，它們是一起伸過來的，
不是一個天堂慢於另一個天堂，
也不是左邊的天堂快於右邊的天堂。

但你要我猜的謎是不是：既然你
能將天堂遞過來，我們就能用雙手建造它們。
因為你的手，天堂只能是雙數的。

鮮不鮮叢書

魚游近語言的泡沫時，羊正在岸坡上吃草。
你就說說風平得就好像波浪
是一張發白的獸皮是怎麼回事吧。
難道湖越大，懷舊就越接近

一種看不見的饑餓。
我可不是懷舊，除非懷舊精確得就如同
你能從羊吃掉的青草中
秤出風景的重量。

你的意思是，聞出來的味道裡
有一個看不夠。比如，
那游動的魚，像一顆假牙
被湖水泡得比礦泉水瓶還大。

即使披上狼皮，羊也未必會注意到
剛被漁線猛甩到岸上的
拚命蹦躂的魚。但我們知道
有一種味道其實是早就串通好的。

當羊低頭解渴，它的影子投向湖面。

這時，它和魚的影子也許交會在一起——

瞧。新鮮在這兒呢：就彷彿一個礦道從兩頭起挖，

挖了很久，但永遠也不會被挖通。

新穎的悲哀叢書

什麼東西這麼能洩漏？
於是，這莫大的悲哀新穎得就好像
你剛撿起一枚漂亮的別針，但立刻就得用它
去別一座地獄。

早市上的氣球叢書

還是得從你開始。
你先別急著猜：氣球隱喻的是不是
你弄丟了的那個圓。

你離得太遠，但這不是你看不見它們的原因。
晃動的人頭之上，它們的風頭
由細線結不結實來決定。

你幾乎從未去過早市，
所以，它們的真實浮動著另外一種含義。
一個形狀，就能擺平一個願望。

充了氣的貓，肚子上畫魚像老鼠
剛參加過麻雀的選美比賽。
那表情很曖昧，卻有益於浮力比壓力更大。

如果不是指人可怕於
人自身的羞恥，輕浮有什麼錯？
它們的輕浮難道比你更誤解過我們的天真。

你沒有輕浮過，並不意味著
它們的輕浮就不美。它們會繼續上升，
直到我們的記憶有一個最高的邊界。

最好的眼光叢書

這個季節，早市上，每天都能見到
世界上最好的蘋果。
一方面，蘋果使用農民的語言，
雖然會夾雜點小販的口音。
但這不是主要的。另一方面，蘋果有蘋果的語言。
但這依然不是最重要的。
沒想到吧。只要刀子還在睡覺，
蘋果就擁有最好的語言。

你一認真，世界便圍著舌頭打轉。
最好的蘋果令早市看上去
如同一個天堂不知道如何在附近選址。
你看蘋果時，你的眼光
像是在看剛雕好的一塊石頭。
假如那不是世界上最好的蘋果，
你很快會注意到，蘋果也在看你；
而且，蘋果看你的眼光就像石頭的眼光。

現在該輪到我出場了吧。你不必顧慮
我是不是剛剛用來清洗蘋果的那一盆水。
我的判斷是，即使是你，

看蘋果時，你也不可能用到最好的眼光；

同樣蘋果看你時，它也不可能用到最好的眼光。

最好的眼光存在於蘋果

如何看待它自己。就算是巧合吧，

最好的眼光頂多有點像從你舌頭上發出的光。

走光叢書

十月的松柏邀請我觀看

誰才是喜鵲的主人。

錯落的樹枝上，一個茂盛如帝國的夏天

彷彿是被蟲子吃光的。

假如左眼碰巧比右眼更好看，

這些神傷未必不是一種禮貌。

就在身邊，落葉測出了比時間的意義

更準確的溫度的變化。

什麼東西，一稀疏，美就容易脫節。

反正這樣的事，得有人負責──

用蟲子來比喻已算是客氣了。

但是，在死角裡轉久了，空白會變遲鈍，

而容納了更多光線的空隙

則變得敏感。很抱歉，我目前只對空隙過敏。

十月的空隙顯然多於七月的空隙。

光線為線索鬆綁。更多的空隙難免讓整個樹林

看上去像是穿在了裙子裡面。

好玩吧。所以說，喜鵲之間的追逐

讓飛翔比啟示更容易成就

一種生活中的美。所以說，它是一齣戲：

彷彿除了喜鵲，每個角色都在時間的深處

挖過一個坑。沒挖過坑的，
沒有人會認出你更像誰。

這是你的雨，或雙重召喚叢書

從別的記憶裡看不到

這樣的雨，下著下著，就變成了下雪。

很直接吧。就好像不深

委婉不淺，等會兒才輪到

不左裊娜不右。怎麼能都怨

誘餌白得不夠赤裸呢。

第一種情形裡，這雨也沒料到

這雨裡會有這麼多人中無人。

第二種情形中，這雪也沒料到

這雪還會下到你的詩中。

肯定都濕透了。落葉的歌，金黃地洗著

你的腳步。比冷雨更冷的是

你不贊成把漏洞當出口。

但凡好戲，講究的就是

什麼時候你最方便。

都什麼時候了。比暴雪更白的是，

你現在終於傾向於承認：

地獄其實比婚姻還不走運，

且與謊言的大小無關；

和顏色倒是沾邊，但與溫度驟變關係不大。

六十年不遇叢書

——悼北京7・21特大暴雨中死難者

我打電話過去時，線路茫茫，
忙音比無辜唯一，殷勤你從四面八方
請不要掛機。請給耐心一點時間，
或者，為什麼不呢？請給時間更多的耐心。
我彷彿被說服了。我的耐心
開始像一盤棋。水已漫上街道，
拋錨的小轎車像暗夜裡
剛被盜挖開的墳墓。
你中有我怎麼可能比漫過來的水有經驗呢。
水，正在變成洪水；
水，頃刻間從現實湧向內心，
那裡，洶湧的泥沙正在篡改地獄史。

通往金胡楊林叢書

假如你能把你的生活帶到那裡，
你就會知道，荒涼曾令浩瀚完美。

假如你能把人的生活也帶到那裡，
你會明白，荒涼不同於命運，它有很多秘密。

它有驚人的秘密，不同於你心想
你要是早幾年來就好了。

這遺憾，或者這沙暴，或者，這遺憾的沙暴
會席捲你和語言之間的麻木嗎。

落葉已投你一票。荒涼，一直是表面現象；
完美的浩瀚也是，只不過面積更大。

給荒涼一耳光，荒涼會糾正所有的真理。
給浩瀚一個吻，你就會知道你不僅僅是一個過客。

昆侖山下，或雖然很渺小協會

這地方已足夠遙遠，
再往前，遙遠會變成另一層意思。
但是現在，遙遠的意思是：
它能用一口氣把你吹進石頭，
而你會在石頭裡醒來。

足夠遙遠委婉還算走遠——
至少你用遙遠呼吸過。新鮮的遙遠
刷新了孤獨的驕傲。你必須比你更遙遠，
才會想起，宇宙是怎麼友誼你的。
這裡，只有遙遠是可隨時帶走的禮物。

不論你帶走的是什麼，你都已捲入激進的風景。
但是，還有一種可能——
寂靜是比遙遠更好的食物。
稍一走神，你已開始吃寂靜。
而寂靜只是借你的牙，咀嚼寂靜的意義。

葉爾羌河叢書

你不必忘記紅柳，就能想起
它是怎樣流出你的身體的。
它的波浪，像盛過駱駝奶的大腕。
它的顏色像在婚禮上
被陌生人摸來摸去的一塊玉。

黎明開始後，它從石榴的姐姐變成無花果的妹妹。
它的明亮，猶如一頭母熊剛走出冬眠的洞穴。
一隻白鷺彷彿已讀懂了命運，
用捕來的小魚餵養它身上的一座浮雕。
既然你到過這裡，它就會幫你從真理的相冊裡

重新整理出影子的順序。
男人們可恥於深淺，而你嚴格於
我們的驕傲會戰勝我們的孤獨。
是的。你不必懂得石頭的語言，就能知道
它還將在你的身體裡製造多少漩渦。

駱駝刺叢書

它有蠶豆的脾氣，

茫茫戈壁上沒有其他的節日，

於是，它將體形大於它百倍的駱駝拋向天空。

炎熱的空氣以為接住的

又是一個關於迷路的動物寓言。

一鬆手，原來是我們的替身

想偷偷地再喝一口駱駝奶。

你必須警告他，如同警告你身上的

一頭漸漸長大的猛獸。

再這麼喝下去，煙幕彈裡

就全剩下奶的味道了。

你應該學會像成年的駱駝那樣品嘗

刺上的糖粒，然後順著構造獨特的蜜腺

找到一個無私的理由；

但那還不是它全部的積蓄。

它還隱瞞了一個更尖銳的理由，

它從未因生存環境的惡劣

而阻止人們叫它希望草。

能見度叢書

金澤叢書

這城市的背景像一張漁網，
撒向起伏的島國漢字。
向下沉，石頭不代表感情。
向上飄，翅膀不代表治療低於信仰。
偉大的治療尤其不代表
從語言開始的，會結束於肉體。
黃昏的美麗無可爭議，因為
一個人不可能在任何意義上結束
那曾交給他保管的肉體。
多給肉體打上點引號，等於
多給肉體一點嚴謹的機會。
夕陽點燃偏方，戒煙等於戒掉嫵媚。
但仔細一想，哪一種嫵媚可曾多餘過？
不低調的話，我可以用身邊的任何東西
治療和語言有關的疾病。
白色的疾病。從早上開始，
你一直就在山茶花的粉紅衣領裡晃動
你的頭顱。按字面含義，
金色的眼淚不可能被舌頭接住——
它們會一直滴淌，直到洞穿真理的面紗，
它們會醞釀出金色的沼澤，

將茂盛的蘆葦推向男人的錯覺。

我的錯覺是，儘管遷徙的路線是固定的，

但沒準，一隻白鷺比你更像你自己。

注：金澤，日本本州中北部的一座海港城市，毗鄰日本海。

新雪叢書

悲哀的釘子釘不住它們，

它們閱讀世界，就彷彿世界是

一個剛從厚厚的雲層裡挖開的大坑——

往下跳，解脫裡不止有解開，

還有脫下，直到上癮比罪與罰還過癮。

不首先回到小小的具體，怎麼分寸純潔！

同樣。歡樂的小鑷子也夾不住它們——

飄著，飛著，它們沒有小尾巴，

白色的口令管不住它們扮演的角色。

它們閱讀我們，就彷彿每個人都需要

不止一個被埋藏的秘密——

最好是白色的。才不硬碰硬呢。

或者，硬碰硬要等到永恆服軟後，

才會是秘訣。它們的偶像

躲在雪人的身體裡等待明天的陽光

在融化的沉默中切下一塊空氣的雪糕。

你沒品嘗過，不等於這首詩沒盡到義務。

紀念辛波絲卡叢書

從誕生那一刻起，雪便被白色舞蹈推向
只有深淵才肯面對的結局。
但深淵已是誇張，它擁有的底片
甚至比西班牙人達利對音樂的無知還多。
至於結局，它對白色的秘密
似乎也失去了興趣。白色的深淵
意味著狼不在時，可與狐狸共舞。

沒與自己的影子共舞過的人，
肯定很乏味。這個，你無需去證明。
你比我更喜歡喜歡雪，因為用雪堆出的人
從未想過要向什麼人證明他自己。
因為雪，冰冷像一把叉子，沿著凍硬的裂縫
從我們的潛意識裡清理出意志的蛀蟲。
嘿。假如沒有這些蟲子，那詩歌中的鳥如何越冬。

漫長的奇蹟中，那些有可能適合我們的瞬間
是一個和愛有關的白色主題。
就像這新雪，它不停地收集每一個自我
以墊高它那寂靜的王國。光禿禿的樹枝上，
烏鴉像黑色的旋鈕，向左邊擰，向右邊擰，

沒什麼區別。

黑色的頌歌早已由白色的命運調好了音量。

所以說，有時，遲到，但不是因為雪，是很關鍵的。

非常鈎子叢書

天上的鈎子掛不住她們，

她們在白茫茫的責任裡醒來——

到下面去！純粹的召喚，直到把自己下完為止。

她們從不擔心會在任何時候任何地點把自己下完。

而我們有時卻擔心棋局的快慢，

特別是在錯誤的時間錯誤的地點把自己下得太快了。

再看這些白色的棋子，每個步驟

都包含著最輕盈的躲閃，彷彿小小的晃動本身

就能在你和我之間構成一種最親密。

錯覺能毀掉很多東西，

像已經在用力的鈎子還沒被完全認出；

但必須指出，涉及到身體的白色秘密時，

只有最親密從未害怕過我們的錯覺。

飄降過程中，這些雪花還遇到過一些鈎子。

時間的鈎子竊竊私語記憶的鈎子，

粉碎一再發生，但是，沒有一種粉碎

能阻止她們美妙地潤滑新的自由落體。

好動於單純的禮物，她們愛命運遠遠超過命運愛自己，

她們愛依偎在種子邊的精靈

也遠遠超過對大地正在變成

伸向她們的另一副冰冷的鈎子的恐懼。

假如沒有雪的團結叢書

孤獨的歡樂改變了

那麼多不可改變的事情。

雪主動雪，沒什麼意思，那怎麼行。

團團轉，夠具體了吧。

其次我注意到，雪幾乎從不被動於人，

只有帶雪的名字是例外。

雪點綴雪，然後將原始的團結

鋪開在不斷縮小的荒野中。

每一片雪，都可能是無邊的復原中的一個小環節。

而我們依舊是大雪中的一個洞穴──

來吧，爬進來。白色的洞穴會幫你完成你的探索。

你帶來了白色的重量，就彷彿這洞穴

是一架帶著鑽頭的深奧的天平。

你的重量比語言身上的北極熊的重量還要重。

但是，來吧。鑽進來。往裡面去，

還好多白色的盡頭呢。孤獨的歡樂中

你不會孤獨到你會錯過你我。

我潛伏我叢書

從巨大的雲身上撕下

一塊最小的畫皮,然後一頭扎向

生命的循環,這些飄雪,比我們更迷信從天而降。

冰涼的小手牽著冰涼的小手,

才不無辜冷酷裡有多少酷呢;

而我們負責為它們準備白色的舌頭,

迎新辭甚至可以這樣開頭:

大地的舞臺怎麼還這麼凹凸不平。

不同的真理之間的小小的飛翔,

它們的意思是,在找到新的皮膚之前,

我們絕對是我。比如,這些飄雪在我的四周持續落下。

它們不停地點擊最佳的拍攝角度,

身子側一點,我看見我身上的熊腰

不同於樹林深處的虎背。我潛伏我,就好像這些飄雪

已徹底將我身上的某個東西說服。

身子再轉一下,我看見我身上的翅膀不同於

天空的懺悔錄。除了真實的飛翔,

還有孤獨的飛翔。而我,在橫穿午夜的馬路之後,

能像樹一樣感到冬天的含義,並且能像樹葉一樣

捕捉到飄忽在飛雪中的神秘的口哨。

能見度叢書

飛雪撕碎了自我。白色的風景

給輪迴降溫。什麼樣的消息會好過

肉體已無需克服靈魂的弱點？

什麼樣的美妙會直接生動於請尊重美妙？

接著，漫天的飛舞將忘我推薦給

睡在咖啡旁邊的小腰鼓。

敲一下，山茶花就會抖動一次翅膀。

多瓣的翅膀，什麼樣的啟發

會比它們的冷艷更猛烈於

你已不介意虛度此生呢？

敲兩下，柿子就會像橙黃的橡皮球從樹上墜落。

直到這時，你才明白不採摘它們，

是因為它們是特意留給鳥類的過冬的食物。

所以，心跳的意思是，你能感覺到

秋刀魚穿過烏鴉的信仰的胃口時

擺過幾次尾巴嗎？散去的山霧裡

有散不去的口音：亡靈們友好過，

死亡才會帶來死亡的可能。你的白髮

已多過黑髮，就彷彿人生的平衡木上

擠滿了荒草的可愛而笨拙的腳步。

什麼樣的從容好過慾望的白色的沉默？

一天之內，下過鵝毛大雪，

也下過薄雪花。甚至還下過脆響的冰雹。

所以，自我從來就公正於各種現象。

天氣預報說，太陽像一條魷魚

正朝你頭頂上發亮的雲海游過來。

萬象叢書

除了好奇，一萬頭大象還能是什麼意思？
除了神秘的熱情，一萬頭大象還能聚集什麼？
世界的叢林，但就在邊上，
你能看到一把扳手和幾顆螺絲釘。

而幾天前，你能找到的，只是野獸的糞便
和發情期裡的一些混亂的塗抹。野蠻的喜劇，
但是，哪怕再微弱，呼吸也比恐懼中的希望要新鮮。

經過偽裝之後，陷阱甚至比深淵還大。
但是，記住，奇異的，從來就不是你能分辨出什麼。
只要動一下，燕子就能輕易地穿越虛無。

除了鐵鉤，再給燕子一個恰當的紫色比喻吧。
除了指南針微妙於真相有深有淺，
再給風景一點時間吧。
好的。你這就把香蕉從左邊的褲兜放進右邊的褲兜。

萬象如同傳票。所以，大小從來就不是
一個很深的問題。更新鮮的是，聲響越來越真切——
不多不少，一萬頭大象正在走出烏雲的睡眠。

蒼鷹叢書

分布於象徵有黑有白，

而季節像是它用過的四把刷子。

穩住。就彷彿空氣還沒有開始燃燒。

最後的青山靈巧在綠水的門檻上，

帶翅膀的時間確實稀少，所以，還是由你來定

單獨活動中最珍貴的事情是什麼吧。

它的盤旋像一個還沒有人能看懂的漩渦。

穩住。它盤旋時，世界出現了一個新的底部。

穩住。用垂直的一千米穩住廣告裡的那隻灰兔。

將好眼力用於心靈的新平衡。

你的目光像小小的鉛錘，落在它的翅膀上，

落在它的腹部，落在腳爪上。而最終會落在它的背上。

秋天的屏風叢書

山谷沉重如剛做完愛的舌頭。
只有風，像是從未生過鏽，它吹著你的底色，
就好像白手套裡睡著一把車鑰匙。
只有長滿青苔的岩石，像是比生鏽的耳朵更忠誠。

我對比著愛與死哪一個更可信，
哪一個更能助我忍受迷宮裡的禮物。
而我本人也在製作禮物，就如同在你最需要時，
我會把它及時送到你的手上。

我製作好奇的禮物，它神秘於你隨時都能摸到它。
我製作只可用手撫摸的禮物，
它的意思是，只有語言的手心，像是從不害怕生鏽。
命運朦朧，
但仍有幾樣東西依然凝聚在紅葉的潮汐中。

紀念王爾德叢書——贈蔡恆平

> 每個詩人的靈魂中都有一種特殊的曙光

> ——德里克·沃爾科特

曙光作為一種懲罰。但是，

他認出宿命好過誘惑是例外。

他提到曙光的次數比尼采少，

但曙光的影子裡卻浩渺著他的忠誠。

他的路，通向我們只能在月光下

找到我們自己。沿途，人性的荊棘表明

道德毫無經驗可言。快樂的王子

像燕子偏離了原型。飛去的，還會再飛來，

這是悲劇的起點。飛來的，又會飛走，

這是喜劇的起點。我們難以原諒他的唯一原因是，

他不會弄錯我們的弱點。粗俗的倫敦

唯美地審判了他。同性戀只是一個幌子。

自深淵，他幽默地注意到

我們的問題，沒點瘋狂是無法解決的。

每個人生下來都是一個王。他重複蘭波就好像

蘭波從未說過每個人都是藝術家。

倫敦的監獄是他的浪漫的祭壇，

因為他給人生下的定義是

生活是一種藝術。直到死神

去法國的床頭拜訪他，他也沒弄清

他說的這句話：藝術是世界上唯一嚴肅的事

究竟錯在了哪裡。自私的巨人。

他的野心是他想改變我們的感覺，就像他宣稱——

我不想改變英國的任何東西，除了天氣。

絕唱就是不和自我講條件，因為詩歌拯救一切。

他知道為什麼一個人有時候只喜歡和牆說話。

比如，迷人的人，其實沒別的意思，

那不過意味著我們大膽地設想過一個秘密。

愛是盲目的，但新鮮的是，

愛也是世界上最好的避難所。

好人發明神話，邪惡的人製作頌歌。

比如，貓只有過去，而老鼠只有未來。

你的靈魂裡有一件東西永遠不會離開你。

寬恕的弦外之音是：請不要向那個鋼琴師開槍。

見鬼。你沒看見嗎？他已經盡力了。

他天才得太容易了。玫瑰的憤怒。

受夜鶯的衝動啟發，他甚至想幫世界

也染上一點天才。真實的世界

僅僅是一群個體。他斷言，這對情感有好處。

因為永恆比想像得要脆弱，

他想再一次發明我們的輪迴。

注：本詩中的詩句多處取自王爾德的格言。

麒麟草叢書

一開始，又像以前那樣，它們的名字
將我困在名字的迷宮中。你知道
它們叫什麼草嗎？十個人中有四十個人不知道。
但是，好玩在翻倍。尋找答案時，
我像是在克服一個心靈的風暴。

它們到底叫什麼？一百個人中有九十九個不知道。
九十九個人，像是還沒走出求愛的夜晚。
每個這樣的夜晚都是一根釘子，更深地進入
或是又拔出了一點點。而那唯一告訴我
這些草叫什麼名字的人，後來被證實

他的說法是錯的。但是，你知道
我們最終會原諒語言的錯誤，
就好像語言曾原諒我們發明了它。
最正確的叫法往往靠不住，但是
你叫它們麒麟草時，卻很形象——

這意味著，每個生動的名字後面
都有一個經得起歷史磨損的故事。
比如，我比我古老。而你比我更古老。

而這些草比你我還古老。它們的名字得益於
麒麟身上的粗毛。但是，
德國人或羅馬人見過麒麟嗎？
麒麟不希臘，怎麼辦？
眼見為實不啟發死結，怎麼辦？
這個秋天的這個注腳，美麗的現場
再三委婉於安靜。沉睡了一個夏天之後，
形象的毛不見了。清新的變形，

它們伸出的黃色手指，扎著堆，
在山坡上，在河谷裡格外醒目。
它們的手指一直向天空伸去，
隨著陣風搖擺，它們的撫摸比溫柔還低調，
它們摸著我們用肉眼看不見的那隻動物。

女郎花叢書

光看這名字，就知道
世界已被誘惑。而我們混跡其中。
臉剛刮過，皮鞋也剛擦過。
頭髮梳得像是剛中過
閃電的彩票。衣服休閒得就像
雲的真理正在度蜜月。
光看這形象，就知道世界
並未因我們而失去它的藉口。
而有些藉口，其實就是裂縫——
一個裂縫之後是另一個，
它們撕開了僵硬的表面，以及
比表面還表面的傲慢與偏見。
光看這鮮艷的姿態，就知道
它是從裂縫中長出來的，
而且，它穿越了不止一個裂縫。
它身上的黃，和最野的波斯菊有一拚。
它身上的黃，甚至令黃金感嘆
你曾有過又失去的天賦。
但它不和你賭氣，它和你賭
你對孤獨發過的誓言。
它知道，假如離開此時此地，

它還會有其他的名字。所以，它養成了
這樣的習性：用它身上特殊的異味
忠於你對你自己的最深的記憶。

盲彈叢書

你不會彈琴。但我知道
在秋天，人人都是鋼琴家。
這是一個不是玩笑的玩笑，也許
只有死神才聽不懂它的含意。

我從一個鋼琴家手裡抽回
我的雙手，我試著像他那樣審視它們，
我想像著在鋼琴家眼裡它們呈現的內容——
帶著蒼白的紋路，它們像時間的洞穴裡的爬行動物。

它們有十個細長的腦袋，肉感於敏感，
而我們只有一個。它們用腦袋彈琴，
每一下，都是一次完美的震蕩。
而作為親密的鄰居，我們用腦袋

將聽到的琴聲分解成無色的液體，
並將它擠壓進多霧的腦海。
從自然的幻覺的角度看，它們每根都不長不短，
微妙於普通其實並不普通。

它們引誘我重新回到

不可引誘的觸摸，不原始，也不陌生。

凡可觸摸之物，都會有某種地方

看上去像琴鍵。所以，杯蓋是琴鍵；

所以，窗戶是琴鍵；所以，楓葉是琴鍵；

所以，糾纏在鐵柵欄上的花瓣是琴鍵；

所以，鑰匙是琴鍵；所以，狐狸的尾巴是琴鍵；

所以，鯊魚的牙齒是琴鍵；

所以，烏鴉的黑羽毛比烏鴉本身

更經常地充當著琴鍵；所以，水下的石頭

是琴鍵；所以，你用過的硬幣是琴鍵；

所以，你只要動下手指，世界就會顫慄和恐懼。

烏鴉節叢書

我們的節日不適合這些烏鴉，

我們的語言一見到它們，就會變成興奮的獵犬；

看不見的牽鏈，沿自然之謎

自然地繃斷。而它們輕盈地散開，

像黑色的紙袋，被吼聲中的氣流掀翻到一旁。

短暫的驚恐之後，平衡木的一端又轉到它們腳下。

它們是黑色的獵物中的完美的獵物。

它們知道如何保持聰明的距離。

而從遠處看，它們像是黑色的梳子

正在道路和綠化灌木之間製作

優美的波浪。偶爾，你甚至能看到

被它們梳理掉的生活的假髮——

年輕而烏亮，還用說，看上去跟真的一樣。

蘑菇叢書

悲觀主義者很少會愛上蘑菇，
或像你那樣，忠實於蘑菇帶給你的感覺。
常識告訴你，沒背叛過虛無的人
不會有興趣瞭解蘑菇的精神——
它們的翻滾，甚至比肉體做得還好。

它們翻滾在平底鍋裡，翻滾在你的喉舌深處。
柔滑，鮮嫩，絲毫也懼怕你
會奪走它們的一切。凡樂觀主義者能想到的真理，
它們都會給出一種形狀。凡你想隱瞞的事，
它們都能給予最深切的諒解。

它們聞到了小雞肉的味道。
它們喜愛大蒜和西蘭花簽下的合同。
它們撐開的傘降落著，降落著，直到在你心裡
變成了一個營養豐富的小神。
消失和消化的區別也許

沒有你想得那麼大。在消失之前，
它從裡面遞出一份新菜譜，
請求下一次你能更耐心地咀嚼

蘑菇身上的暗示。還從未過一種暗示
比它們更接近宇宙的暗示。

紀念柳原白蓮叢書

身邊已足夠遼闊。

15歲第一次結婚。比青春還左。

26歲又嫁給煤炭大王。比金錢更右。

但是，左和右都把你想錯了。

37歲春風把你吹到牛奶的舞蹈中，

做母親意味著家裡有一口大鐘，

掛得比鏡子的鼻尖還高。

歷史是入口。閃爍的星星知道你的秘密，

就彷彿你給它們寄過紫羅蘭和蜂蜜。

嘿，我在這裡。你的喊聲

回蕩在愛與死之間。而死亡是

一種奇怪的回聲，它帶來的每樣東西都很新鮮。

比如，悲哀是新鮮的，它不會

因日子陳舊而褪色。能判斷你的人

似乎不是我們這些好色的聖徒。

據說魯迅也沒見過比你更美的女人。

而我感到的壓力是，不變成一個女人

我就沒法理解你的高貴。

但是崇拜你，就意味著減損你，

甚至是侮辱你。你提醒我們

你曾向秋天的風中扔去一塊石頭。

那意味著什麼？你幫助語言在身體那裡

找到一個竅門。對盛開的梅花說

只有細雨才能聽得懂的話。而最重要的話，

如你表明的那樣，只有講出來

才會成為最深邃的秘密。

你贏得信任的方式令我著迷，就彷彿

信任不是一種選擇，而是一次機遇。

最大的信任常常出現在早晨。

比如，柿子像早晨的眼睛，

脫離了夜晚帶給它們的

低級趣味。柿子掛在明亮的枝頭。

你發明了看待它們的目光，

從太陽的背後，從時間的反面。

貓頭鷹已經飛走，烏鴉的黑拳頭

擺平了時代的賭局。成熟的柿子，

肺腑間的珍珠的格言。你的和歌

並未讓今天的風格感到遺憾。

因為你再次證明了，詩是這樣的事情：

我們必須幹得足夠驕傲。

注：柳原白蓮（1885-1967），日本女詩人。

冰島溫泉叢書

夢，夢見冰愛上了融化，
巨大的冰在平靜的融化中流向赤裸的自我。
擦乾之後，毛巾搭在鏡子的深處，
如同一條蛇剛剛完成蛻皮。

冰，夢見夢正在挖一個大坑。
十座火山未必能填滿它，因為它的名字叫冰島溫泉。
和它相比，很多地方的溫泉都顯得很假。
它不會出賣你的秘密。此外，水溫很合適，

冷熱的布局比一盤棋還要合理。
在泡過日本的溫泉之後，我還去過
北京的溫泉。沒法比，怎麼知道仁慈
有硫磺的味道？也許，凡和皮膚有關的，

比較本身就顯得很奇怪。
它是世界上最遙遠的溫泉，嚴峻的環境中的
一個就等著你去拆封的禮物。當你脫下衣服，
裹在它上面的包裝紙，也隨即脫落。

它露出它的音樂，冒著熱氣演奏
已融化在它裡面的東西有可能是世界上最好的。
它帶給你的啟示，先沿著毛孔試探是否禮貌，
隨即熱情得就像水裡有一對企鵝一直在潛水。

能登半島叢書

我認得這樣的夏天——

漫長的冬天像是它的牢籠。

壓力不小啊,但是欄杆和欄杆之間的距離

已被碧藍的海浪擴大。自由的原始定義

是景色。並非越大越好。甚至不自由

也並非是一個政治問題,而是自然

是否還能帶來機會的問題。沒想到吧。

飛翔的海鷗,一會兒像白手套,

被人從看不見的藍色洞穴裡扔出;

一會兒像淺色的手絹,被人從隱形的窗戶邊揮舞。

這兩個小動作一再重複,因此,

你,是你遇到的多少年前的一位古人呢?

一千年前,夠不夠?或者,兩千年前,

大海為大湖搬家。剛剛發明仙境

幫聰明人躲避人性的陰暗。沒有人

是他自己的傻瓜。沙子埋過的任何東西

不會超過一百年。但沒有為自己準備過沙子的人,

也不見得就精通慾火。因為不是本地人,

也許我可以說,這裡的沙灘上

遍布著世界上最好的沙子。

意思就是,你把手伸進沙子,

你能感到沙子下面還有另外的手
早已等在那裡。來，握一下。
即使帶著硬硬的殼，也很友好。
來，傲慢一會兒，反正在沙子下，
只有心花是無根的。來，走神一小時，
蠕動未必就不是激動。但是，
大海的湧動似乎更喜歡推薦
另外的例子。一番海鮮之後，
永恆還是老樣子。但是，它老得新穎。
因為，凡是依賴瞬間的事情，
都躲不過瞬間只是，兩片美麗的樹葉之間的
錯誤的比較。凋落的樹葉，
不會是全部。湧起的海浪，
也不會是全部。它們只是無損於
你我的完整。你情趣於海浪，
我就會顫慄於樹葉。因為，就像眼前的
這些執著的起伏，詩的孤獨
能有節奏地帶來唯一的拯救。

雷克雅未克叢書

我到達的前一天，人們剛用雞蛋
襲擊過總理府，但牆上留下的劃痕
顯然是啤酒瓶的傑作。沒什麼好遮掩的，
儘管拍照。政治就是給憤怒擦屁股，
用從剛果或越南運來的手紙。

不嫌髒，傲慢才會老練於藝術呢。
主要街道就那麼幾條，每條都成熟得
像教堂裡的長椅。一個月前，國家宣布破產，
但鯨魚帶來的收入並未減少。
邪惡很簡單，只要你吃過鯨魚肉。

海灣舔著餘輝，向天鵝和海鷗示範
打過折的天堂。野雁只認麵包，不認你
是否來自北京。它們的迎賓儀式很熱情，
將你遞過去的麵包屑全部藏進了
一個比身體更深的洞穴，

然後，轉動著脖子，暗示你該去聽
本地的音樂。比約克的歌聲
曾教會我熱愛世界中的世界，

天堂無非是自我的另一面。
或者，我完全搞錯了。黑暗中的舞蹈

不是為自稱是普通人準備的。
特別地，荒涼幫助我們去克服真理不只有一個。
我有什麼資格使用我們？以前，
這是個問題。而在雷克雅未克，
我突然回過神來，這根本就不是什麼問題。

神秘的背景裡有神秘的障礙，
我聽不懂它的語言，但我知道
冰島樂隊裡，有宇宙中最棒的歌手。
火山的對面，有不信邪的世界末日迷
正走出毛衣店，手拿著一整張海豹皮。

只有最真實最重要的東西才會留下叢書

——紀念史蒂夫・喬布斯

在天使中找不到天使，

只能找到天使帶來的問題。記住，

這世界上，只有一個問題

可以成為禮物。但是，我記不住

這禮物的模樣。魔鬼也記不住。

於是，在天使中找不到天使的人

把目光轉向了最棒的發明。

你，好像名字叫喬布斯，你確實說過

「因為死亡很可能就是生命中最棒的發明」。

你比我年長十歲，所以，不會介意我說

比死亡更棒的發明是裡面

通了電的蘋果。你知道神廟裡

有好吃的，這個我也知道。

神廟裡應該永遠都有好吃的——

這不是理想，而是直覺。

把點點滴滴都串聯起來，

這是你的故事，也是你的呼籲。

這同樣是詩喜歡做的事。

在深刻的人看來，你算不上深刻，

因為你一直都克制著自己，

從不想比直覺更深刻。美好的本意是

一切在點點滴滴中已顯得非常清楚。

生活當然有重心，但最主要的是，

這要看你怎麼想像生活的重心。

假如生活的重心是從頭再來，

那麼偉大的工作就不會矛盾於

個人的直覺。記住，無論你經歷過什麼，

直覺從不會出錯。多少次，

由於熱愛詩的發明，像你一樣，

我常常感到類似的抱歉：詩比生活真實，

或者死亡比生活真實。確實很抱歉，

有時，話不得不講得這麼戲劇化，

「但這是真的」。就像天堂真實於直覺一樣。

就好像無論你怎麼想，天堂都沒有浪費過

別人的時間。這是我們的共同點，你說，

沒人逃得過。做偉大的工作的唯一方法就是

愛你做的事。因此，沒有偉大的工作，

就沒有詩。沒有詩的發明，就不會有

驚人的坦率，比如你說——

「不要浪費時間活在別人的生活中」。

紅心叢書——贈高星

早年，它被祖國放大，
比你戴過的，或者見過的最大的帽子還大。
帶著比新鑄的硬幣還要新鮮的硬，
它投身於影子的激情。

凡錘子慰問過的地方，它都會湊上去
奉獻一次依偎。凡鐵鏈被砸爛之處，
它都會跑過去，要求一張留影。
每一次起伏，基本上都是小中見大。

向日葵有多黃，它就有多紅。
一顆之後，還會有另一顆，直到無情的邏輯
也感到了某種原始的恐懼。
它的天真最終變成了移動的靶子。

它的跳動就像在石頭裡有人在脫鞋，
光了腳之後，它跳的單人舞比政治漂亮多了。
從橋頭一直旋轉到夜晚的廣場，
那裡，月亮丟下的避孕套，足以勒死一頭瘋牛。

已知的各種輪迴不是它的對手，
除非它自己開始滾動。它從太陽那裡
溫習到的經驗令太陽感到羞愧。
它滾動時，辯證法變得比雨中的足球還圓。

如今，它假裝自己已被歷史縮小，
尺寸接近虛無。你哀嘆你再也不能
在你我身上找到它。因此，反而有一種憐憫
因它付出的代價而將我們推進了最大的真實。

每個毛孔叢書

宇宙被縮小了，但不是因為

你喜歡提到每個毛孔。不誇張，

就不會有全身都令人著迷，更不會有

全身只反對全體。太誇張了，

就不會有忘我的反面。喜鵲身上的每個毛孔

自然不同於野豬身上的每個毛孔。

但是，天鵝身上的每個毛孔

不一定就和你無關，也不會因你的否認

而疏遠它對迷宮的諾言。摸不透，

算什麼，頂多是不起眼。在秋天，你說

你的每個毛孔都因落葉而變甜了。

甜，就是向內部飛去，但並不對墜落說三道四。

如此，每個毛孔正確於你還有另外一個身體。

每個毛孔都因為我們的健忘而非常反動：

比如，它們豎起時，有人並不憤怒。

它們清晰時，你喝的是權力遞過來的假酒。

它們柔美時，你已沒有時間。

不過，真正的問題還不是你已沒有時間。

每個毛孔都曾是插在你皮膚上的小旗幟，

但現在，它們只剩下微小的旗杆

和通向深奧的小洞。每個毛孔

都反動於挑剔：你怎麼不揪出
最出色的你我。你怎麼不拔出
最犀利的生命之劍。你怎麼還沒洗出
最有感覺的自我。你怎麼還沒使用過
最完美的，遍及全身的，道德的呼吸。

上海的早晨叢書

最黑的夜是它的面紗。

真的。但是，沒別的意思。因為最黑的，

不一定就不最美。比如，最美的夜

也是它的會飛的毯子。沒在這毯子上睡過的人

不會知道愛的力量，也不會記得

孔子在七十年代被迫承認過什麼。

但是，無知不叫蘇格拉底時，其實也不錯。

閃爍的霓虹像一隻迷途的鳥

飛進了沙漏。四點鐘，我起來過一次，

在兩顆暗淡的星星之間測量出

一行清醒得可怕的詩，它有微妙的份量

就彷彿它是一根桂樹的枝條。

哦，暗香遙遠得像朦朧的熊腰。

虎背才不服七上八下呢。

你就想吧。屬龍的人基本上都錯不了。

沒錯，我碰巧知道大熊星座此時正在何處。

但是按習俗，天沒亮不能算是早晨。

我不想破例。萬一我的身體

不是我的例子呢。萬一最好的我

不是我唯一的秘密呢。這是第一次

我不打算破例不想破例。六點鐘，晨曦

已開始漫上高樓。有句老話是這麼說的：
這些高樓已高過了逝者如斯夫。
時間的野玫瑰苛刻，但你即使不是莎士比亞，
你也可以噏動他用過的鼻子。
沒錯，我確實閉上了我的眼睛，
我用偉大的鼻子嗅到了上海的早晨。

大海的角色叢書

進入那角色時，你的罪

是一隻海鷗，或水母。歡快的飛翔

令蔚藍走神。海鷗的分布很廣，

這讓你想到你的好奇心

有時需要更多的羽毛。

和自然有一拚，是什麼意思？

世界屬於你，所以問題的根本在於

你究竟屬於誰？你美麗，世界就會跟進一步。

你退一步，更透明的工作

就漂游在無邊的海水裡。它們無辜得就像水母

借給大海的會跳舞的手套。

進入那角色時，大海從來就不是

一個習慣於平等的對話者。它不洗

你帶去的任何東西。洗，是對它的誤解，

也是你對你自己的誤解。這誤解甚至擴大到

你覺得你比最深的罪還孤獨。

進入那角色時，大海早已無話可說，

但你不會感到難堪。因為最終吸引我們的是，

能判斷我們的東西彷彿可以出自

大海就在對面。沒錯，大海始終在你的對面。

大海從不會錯過任何事情，

即使你錯過了宇宙，大海也不會錯過你。

紀念艾米‧懷恩豪斯叢書

你死於絕。我知道
這個字很難翻譯過去。而且，
即便翻過去，也已經不重要了。
絕對的絕，絕望的絕，
但你的絕比這兩種絕還要絕。
再不會有一種巨大的天賦
會比你更粗魯，更失敗。
你比粗魯絕，比毒後的毒絕，
你比死亡更絕。因為你，
美麗的絕望搖身一變。你唱對了一半，
有些事情已在來路上了。
有些事情只能發生在來路上。
至於另一半是什麼，已無關緊要。
第一印象是，你死於發洩。
神秘的發洩，超出了你本人和整個英格蘭的
想像的發洩。突然之間，
生活的反面教材似乎在你身上
找到了新的靈感。但第一印象
從來就不可靠，裡面全是
給傻瓜下的套。因為你，戴蜂巢的艾米
被死死套在藍色緊身短裙中。

因為你，生活中還有比生活的真實
更重要的東西。因為你死了，
有人恨死了死。因為你唱過的歌，
靈魂的組合變得可能，
世界因懷舊而走神於不可容忍。

空殼叢書

在那些會留下空殼的昆蟲中，
我最信任的是蟬。紅粉中只有它
身材最小，並且精通使用翅膀。
知己中只有它不反駁
天賦可大可小。蟬的歌聲
像一個透明的拱頂，懸吊在半空中。

蟬，並不像我們想像的那樣
不同於禪；它的歌聲
逼近禪，這很像偉大的懷疑精神
不用於懷疑。一百萬隻蟬
生產出的歌，能讓時間的天平
向自我之謎傾斜。怎麼獨唱，

都共鳴於合唱。怎麼合唱，
寂靜的間歇都不會埋沒
經歷過蛻變的這個角色。
炎熱之中，輕而薄的翅膀用盡了
本能和責任之間的一種關係。
受沒受啟發，取決於寂靜

是否安靜。自我是一個波浪，

迎頭趕上你我，或者搖頭甩掉世界的陰影。

我低調地愛上蟬聲中的

一個波浪，它助我降溫到空殼內部——

看上去又脆又薄，但它們的浮力

足以應付我們最神秘的沉淪。

加入寂靜叢書

到自然中去不分你我。

到你我之間，不分自然超自然。

像絲綢，但是你得猜得出

除了草葉，在這裡，它還可以指向

什麼事物。說一首詩像絲綢，

這是貶低它，還是讚美它？

多麼婉轉的建議，假如一首詩

有完美的皮，並且摸上去像絲綢。

我承認，我看詩多於呼吸詩，

吃詩多於聽到詩。至於用手摸詩，

還幾乎從未想過。這聽起來

就像是用摸手氣去摸真理。

或是，讓真理摸上去像坦率的絲綢。

說到坦率，寂靜對詩的貢獻最大。

寂靜不同於寂寞，因為有這小小的區別，

彼此很自然意味著，偶爾更經得起

縹緲的磨損。偶爾會有些東西

像碧綠的道德，高於我們的麻煩。

溫床叢書

多麼可愛，秧苗對稱人性，
謹慎了二十年，可疑還是不能和可愛相比。
人生猶如插足。每一步都事關深淺。
有點飄，巧妙醉生不夢死。
現象很可疑，但事物的可愛
就彷彿豌豆的秧苗不服
天機不可洩露。西紅柿的秧苗
哺育了思想鐵人的早餐。
白雲做過的夢被冬瓜的秧苗
纏繞成一個涼棚。不僅通風，
而且通風情。這麼大的葉子
可用來遮蔽很多事情。一來二去，
黃瓜的秧苗送給詩歌鐵人
一個乾脆。有些事還真是
不咀嚼就不會知道。風月無邊，
風格才顯得可貴。問題是，
就這麼簡單？回答是，
就這麼簡單。一旦沒大沒小，
紅尖椒的秧苗就是歷史
最小的鄰居。強烈的滋味
是一種狡黠的自衛。沒有問題的話，

也可以這麼回答：就這麼簡單。

簡單得就好像它看上去

和其他的床沒什麼兩樣。

蚯蚓叢書

你姓蚯，單名蚓。如果說錯了，
請再給我一個誘餌。
請用誘餌糾正我的錯誤。
請用錯誤延遲一個思想。
或者，你複姓蚯蚓，身材嬌小，
在必要的環節上處處柔軟，
但綽號卻很強硬，聽上去
像個黑幫老大。你號稱地龍。
順著地龍這條線索，回過頭去，
再看被我們踩在腳下的
這片土地，踐踏本身已有些麻木，
而你仍像靈巧的鑽頭一樣
疏鬆著泥土。你雌雄同體，
靠重視環節取勝。雖然那勝利
由於我們的墮落而越來越飄渺。
你有好幾個心臟，也許正是由於這原因，
你的按摩技術堪稱絕對一流。
你死後，帶著地龍的面具來拜訪
潛伏在我們身體中的各種疾病。
因含有一種酶，你可治半身不遂。
你是偉大的分解者，達爾文曾稱你是

地球上最有價值的生物。
據推測，你能用靈活的環節
分解掉我們所產生的各種垃圾，
現在，求你啦，請幫幫這首詩吧。

漂流瓶叢書

不是別的，渺小只是很逼真，
逼真到看起來很新鮮。
而很新鮮並不代表
你接觸到的事物還活著。

我從未感到過渺小，就像海邊的貝殼那樣。
他們說，這是一種比否認偉大
更可怕的病。一點都沒錯，
我覺得他們說得對。他們可能還不知道

我的另一個症狀是，我也從未感到過
偉大不真實。不是任何輕重，
都有美妙的緩急。所以，該輕的時候，
一定要重得有分寸。而我經常感到

我像大海一樣押韻，像波浪一樣
舔著宇宙的意義。循環一個來回，
五千年中全是今生今世。
或者，渺小不是偉大的錯，

偉大也不是渺小的補償。

這意味著平衡木不一定取材於木頭，

它也可以是漂流的瓶子，

起伏在幸運和插曲中。

蜥蜴叢書

轉動的輪子改變了

世界的聲音。你聽到的音樂

不再是草木的響動，不再是單純的回聲，

它更好聽，它充滿了

更難判斷的誘惑，就彷彿

這世界從未被神拋棄過。

該死的芒刺，也就是說，

在世界是否已被神拋棄的問題上，

有人對你撒了謊。

今天下午，兩只輪子緩緩轉動，

從你的領地上壓過，

你逃過一劫。我假定

你不必擁有和我同樣的心室構造，

也能聽得懂我們的心聲，

就像儘管有其他的動靜，但我能聽得懂

從草叢裡傳來的蜥蜴之歌。

它的意思是，假如只有一只輪子轉動，

獨輪車就會把世界推回到

沒有蠢驢的年代。

慢雨叢書

我認得這樣的雨，它就像一個女人
在剛放下的小吊橋上
跳起楓葉之舞。風從西班牙吹來，
或者，風中有股阿根廷的味道。
一小時後，彩虹會誇張得像天鵝的長頸
從生活的不真實中高高抬起。
荒野中有箴言的面積。
罪，隱藏得很深，但是雨，更溫柔，
沒有什麼東西是這雨水
不能清洗掉的。這意味著仁慈
比我們想像得更有原則。
很抱歉，我不打算跟你解釋
我去沒去過西班牙。或者，
我是否曾用西班牙的牙咬過
瘋狂的西紅柿。西瓜比西葫蘆有種，
它比我更熟悉這樣的雨，
它用厚厚的綠皮製作了一個完美的
儲水罐，甜美的醞釀像一個個結，
每個甜都被繫過。你喝下的西瓜汁裡
有一個結，你胳膊上被淋濕的地方
有一個雨打的結。你流下的淚中

也有一個將你繫緊的結。

所以，隨著燕子的摩擦速度加快，

你會理解我說過的話中有多少水分——

不是誰知道哪片雲彩上會有雨，

而是哪片雲彩上都有雨。

防波堤叢書

苔蘚為倔強的經歷加冕，
螃蟹很肥，警惕性不因此處偏遠
而有絲毫的降低，像正在度假的警察。
經過簡單加工的礁石
排列成雄渾的軍團，沒日沒夜地
守衛在美麗的陣地上。

仔細看，在石頭間的縫隙裡，
可以找到由渾濁的水泥
獻出的生硬的吻。在那裡，
每個吻都改變了紐帶的含義，
生硬的吻走神生硬的風格；
而纏綿並不僅僅限於

人和海鷗，或者人和美人魚。
假想敵當然不是海浪，它只是
埋伏在渾然的海浪中，隨時準備著
將生硬的預言變成可怕的現實。
不過，我來的時候，看得出
風景一直占著上風。

美麗的白雲像一塊塊補丁，
輪番綴著藍色的漏洞。
海鷗像活潑的幼芽，
在防波堤那粗大的樹枝上，
溫習新的變形記。而罪與罰
就像另一種纏綿。除了語言，

還有什麼能改變我們的視野？
除了偶然出遊，還有什麼機會
能讓我及時抵達這防波堤？
除了永恆的聲響，還有什麼動靜
能刺透這張人皮？除了孤獨，
還有什麼真相更新愛與死？

除了曖昧的單調，還有什麼形象
能匹配這讚美。從節奏上看，原因不複雜。
意思就是，不是大海製造了海浪，
而是海浪製作了海浪，
然後，將一個純粹的自我
不停地推向我們正站立的地方。

繡球花又名紫陽花叢書

我測試我的輪迴時，這六月的花
是一道題。以前，我只是聽說過
有的填空題出得很活，比靈活還活，
但從沒想到，這竟然是真的。

許多空白，像挖過的坑，
等待著被填滿。而代表著空白的
那些橫線看上去很單薄，
其實卻結實得像硬木做的床板。

怎麼填，表面上限制得很死，
但其實也可以很活。我是我的空白，
這意味著一種填法。我從不是我的空白，
這又是一種填法。

我說過那些空白很像挖好的坑，
而那些橫線像床板，但真的躺下去後，
感覺完全不同。你會覺得這些花
豐滿得如同生活的乳房。

躺在第一個空白裡時，我覺得

人不止是人的屍體。即使上面撒滿了鮮花，

也不會改變什麼。躺進第二個空白時，

在坑裡的感覺很逼真，但更逼真的是，

人，其實從未真正進入過他的屍體。

與此相似，人其實也很少走進他的生活。

大部分生活中，人看上去好像已經在裡面了，

所以，不會感到這些粉團花像生活的乳房。

回火叢書

移情於小熔爐，肉體即天國，

冶煉操心鍛煉，才沒誇張呢。

只要耐心到驚心，新穎的，還在後面呢。

開始時想要打造的東西似乎很多，

選擇也很多。但最終，你會發現

可煉的東西其實就那麼幾樣。

微妙的火焰微妙軟硬兼施，

即使公開了，你也不知道

是怎麼回事。不朽沒想像得那麼難，

不巧才是大麻煩。你又得回過頭去找原因。

冰涼的線索，摸上去像

從漏洞裡剛爬出來的蛇。

環節重要呢，還是細節重要？

或者，環節比細節重要：這一幕

什麼時候還會重演。從秘密的鍛煉

到秘密的教育，得要領

竟然不如把握好火候。該死的火候

像飄忽的天賦，但把握好了，

它就會像不巧遇到了一剎那。

晚霞叢書

誰製作了它並不重要，

誰能捕捉到它的意義也不重要。

它就像一個巨大的碼頭，

你能感到有東西靠上去，停了下來，

卻說不出那停下的東西是什麼。

它把時間變成了時光，

感情的意義因此而不同。

它一出現，就十分清晰，

並一直會將這清晰保持到燦爛。

它從未有過任何模糊的時刻。

它是六月的晚霞，夾在鐵灰色的雲海之間；

它就像快要被遮沒的黑板，

白天的粉筆搆不著它，夜晚的粉筆

又總是太遲。它這樣向你的記憶迂迴，

最有意思的字是曾寫下，又被及時擦去的字。

對於那些被擦掉的字，它是一個不會消失的帝國。

它的燦爛很敏感，對稱於

人生的缺陷很微妙。你會明白的。

它是時間的風景，但看起來更像是布景。

剛剛結束的白天不完全是一幕戲，

即將開始的夜晚，很難說是不是一齣戲。

而它，就像一個準確的角色，
游蕩在生活的邊緣。它知道你在看它。
它知道你看到它時想說些什麼。
但它不知道，你猜不到你是誰，
就彷彿它見過的世面太多了。

生活是怎麼煉成的叢書

節目單上，風景已排到了
不起眼的地方。難怪。最近的帳單
越來越像節目單。房租要交，
房貸要還，每樣吃的東西都已被污染，
那麼小的胃，矛盾於我們很渺小，
竟然一直在替宇宙冒險。
人心緊挨著絞肉機。每個機會
都像是深淵之間的縫隙。
比鋼鐵是怎樣煉成的，還要極端的是，
生活是怎樣煉成的。魔鬼訓練
人人都有份，用不著擔心你會不過了關。
凡想催眠現實的人，最終都難免
被現實催眠。凡是用運氣解決的事
最終都變成了一種曖昧的恥辱。
死亡不再是一種平靜，而是一種憤怒，
一種深奧的冷漠，有點像
死亡是怎麼煉成的。每個人
都死過不止一次。活著，像是植物栽培，
並且被分散在不同的地方——
你的根，在這裡，你的葉子，在那邊，
你的花，在你不知道的地方插在

你從未見過的瓶子裡。有趣的工作
還是看你愛不愛動手，它就像是
給希望換輪胎。假如超速了，
絕望不會被罰款。假如詩不能救你，
其他的啟示肯定更微妙。
死亡不再像以往能中斷任何事情，
但旅行卻可以。大河在奔湧，
旅行就像從激流的河水中抽回
一隻腳。票一點都不緊張，
你在這裡買不到電影票，在那裡
肯定能買到車票。記住，
車票不止是車票，同時還是電影票。
難怪。車票還可能同時是彩票。
人的風景正將人從風景中
推向只出售單程票的那個窗口。

迷人的海叢書

迷人的海玩弄著迷人

在我們的生活中有太多的含義。

迷人的女人如何迷人，幾乎無需解釋，

她不會讓生活的彩虹感到

一絲尷尬。迷人的花，

散發迷人的芳香，也無需多餘的解釋，

它的邏輯清晰得像勻稱的葉脈，

伸張著自然的法則。它不會搞錯你是誰。

迷人的夜晚，用潮濕的記憶

喚醒了我們對黑色的舌頭的

甜蜜的恐懼。它不會弄混你的愛好。

它也不會為難命運的天真。

但是，迷人的海如何迷人，

卻很難解釋。即使有人身臨其境，

也可能對迷人之處渾然不覺。

它就像一塊動盪的黑板，挽救了經驗。

它從年齡的矛盾中激起了

生命的浪花。似乎還不過癮，

當我們反省我們在歷史中

扮演的角色，迷人的海繼續玩弄著

迷人的錯誤。十年前，迷人的海還很模糊，

十五年後，無所謂前後，循環的海浪
推動迷人的經驗，直到
迷人的教育刷新了內在的風景。

和大海有關的距離叢書

我告訴他們，我現在住在海邊。
大海是生活的減法，假如在別的時候，
或者別處，大海曾是生活的假髮。
這麼說，你每天都可以聽見
大海的詠嘆調了！於是，我不得不解釋說
我住的地方實際上離海邊
還有十多公里。大海的詠嘆調
聽起來更像是一份判決：針對我浪費掉的
神秘的時間。事實上，兩個月來，
最有趣的是一種和距離有關的變化：
在距離大海十公里遠的地方，
我的耳畔不斷迴響著大海的喧囂；
而現在，在沙灘上，在離大海不到十米的地方，
注視著幽藍的海浪，我聽不見大海的喧嘩，
我能聽到的只是大海的低語。
是的，我現在確信，沒有任何一種聲音
曾高過這大海的低語。

剝洋蔥叢書

表面上，石頭和洋蔥
是兩回事。誰也不挨誰。
它們只是在不同的故事中
轉動我們的眼球。西西弗斯把石頭推向山頂，
他喜歡吃洋蔥，知道他的臂力
有一部分來源於橄欖油炒洋蔥。
他也知道，用洋蔥浸過的葡萄酒
對浪漫的夜晚所起的作用。
小花招墊底大探索。但是，易卜生
不在乎西西弗斯愛不愛吃洋蔥。
他派了一個小角色，像模像樣地
登上世界的舞臺，讓戲劇給詩歌剝洋蔥。
洋蔥的包皮不斷被剝去。
據說，每一層洋蔥皮都代表
一種人的性格。於是，剝到後來，
那可憐的人發現自己像是受刑，
甚至比受刑，比西西弗斯的役刑還殘酷。
顯然，洋蔥並沒有把洋蔥的本質
留在洋蔥裡面。他並沒有在洋蔥中找到
一個可以被想像的核心。他發現
剝洋蔥竟然把人給剝空了。

有很長一段時間，我為自己感覺不到
他的恐懼而羞愧。我想建議他
去剝柚子，或是用石榴代替洋蔥。
現在，我知道關鍵並不在於
如何消除他的恐懼，而是剝洋蔥剝到的空無
恰恰是對我們的一次解放。

飛花叢書

看夠了吧。花固然是用來看的。
但看完之後，花是用來飛的。

先是梅花亂飛，
那樣的飛，常常被人們疏忽為
它們是在飄落。亂飛，
但自我之舞不會因這表面現象
而缺少一次迅速的完成。

接著輪到櫻花的亂飛開始了。
亂飛，但它們的章法卻逼近
一次完美的自我釋放。
它們的最後一吻是留給寬廣的大地的。
真的，就和你沒有一點關係嗎。

輪到角落做主時，山桃花也加入進來，
它們的亂飛猶如一次情感的爆破。
風從生死場中吹來，將那飛舞中的旋律
移向你對你我的重新認識。
眼皮子底下，那固然不會僅僅是心花亂飛。

近況如何叢書

這新增加的水費

是替鱈魚和鮭魚交的。

不吃魚，怎麼進步到進化。

清洗它們時，另一個你出現了，

雪白的肉，像理想的鹽

做過的一個夢。白花花刺激

沒有意義。你是怎麼知道

意義沒有意義的？章魚抱住鬱金香，

懺悔我們的時代已造不出

真正的美人。不幽默的裙子

怎麼穿得出去。於是，穿短褲的大海

用扇貝翹開生活的紅唇。

果然被污染得不輕。被污染的

不止是人生。被污染得最嚴重的

不只是自我。被污染得最明顯的

不止是孤獨的愛。於是，又一個你出現了。

從深海裡直接游回北京，

在最新消息變成最新的真相之前，

將新鮮的墨魚乾撕碎在

激烈的梅酒中。撕得越響，

就越接近思想的小費。

小費，還是水費？假如你真的不記得
我曾交過這樣的水費，那麼，
思想就不可能是那個剛修好的水龍頭。

循環詩學叢書

從小山上，我能眺看到
我在山腳下的家。它像花霧中的
一塊裸露的岩石。很結實，
心靈的地震也難不倒它。
我朝山下走去，回家的路
是下坡路，這感覺就像是用潮水洗澡一樣。
這不是用舒不舒服可以講明白的事情。
這也不是用其他的水
就可以替代的事情。什麼叫
身臨其境？什麼又叫不是所有的事
都有必要身臨其境？
下坡路起伏著持續了一小時的
美麗的孤獨。結束時，鑰匙的正義
起了小小的作用。直到有一天，
我從山下的家仰眺小山巒，
終於看出在我常常駐足的山頂上
我還有另一個家。天空放晴時，
它就像一個灰濛濛的蜂巢。
不會變質的故事裡，只有蜜蜂的故事
常講常新，就好像一張小床
隨時都能開放成一朵大花。

現在，我每天都出門，要走的路
都是回家的路。早上，從山下的家
走向山頂上的家。晚上，
從山上的家，回到山下的家。
一路上，星星的開關
將人生的喧嚷旋轉成命運的回聲，
免費聽音樂囉。我未必不想
對得起你我的運氣。但詩的運氣是，
我未必就想識破這小小的循環。

野草叢書

它們集中於碧綠的火焰，
它們還會遍布於碧綠的火焰。
自然之手在伸向我們的過程中，
借語言的天真點燃了它們。

它們的溫度還不適於
我們把平底鍋直接放在它們的肩上。
這些抽象的火焰只可用來
治療生活的怪癖，而且療效模糊得

像愛的說明書。相比之下，
它們的邀請要好懂一些。
不難想像，它們曾從死者手中奪下
絕望的畫筆。它們用它們的根

在黑暗中，在大地的另一面作畫。
它們不放過每一寸。它們捅破了季節的鞋底。
於是，我們看到，它們將綠色的自由
帶到了我們的局限中。那麼，你還等什麼呢。

野天叢書

野地還在。野得貌似非常自然，
以致於野問題不知道野天對應在哪裡？
野草沿深淺排隊，固執到不著邊際。
顏色深的，邀請顏色淺的
向野花看齊。給出的理由就好像是
野花喜歡沿太陽的影子插隊。
野花的野味就是這種插隊的結果。
野地還在，但野人呢？
野人如果無法把我們變回他們自己，
他們如何對得起野果的蜜液。
而假如我們從未看見過野人，
我們又如何知道野獸是否出賣過我們？
野路迢迢。野樹上只有野蠻
和野蠻的區別不像話，
野蠻中只有野心還可以理喻──
野鳥就是現成的例子。
一旦從樹枝上奮然起飛，
野天便有了大致的眉目。

小世界到底有多小叢書

大霧在新聞中散去，
海鳥飛上屋頂，用避雷針蹭掉
它嘴上的魚腥。山櫻花不知道它的根
已睡進了旅游手冊的夢中。
公園曖昧樂園，講來歷就好像
每個人都有機會在五百年前
投自由的一票。人的挫折中
幾乎不包含人不走運。在小雨和大雨的間歇中，
盛開的玉蘭樹就像是一個生日郵包。
而巨大的白雲低得就好像
我們能爬上去做愛。世界的替身
像愛人的替身一樣曖昧。
我過不了曖昧這一關，就好像
我曾輕易地過過很多難關。
也不妨說，我寧願過宇宙很小這一關，
也不願受騙於世界很大。

像雪山一樣升起叢書

每天早上，雪山都會趕在太陽升起之前，
填滿我的窗戶。汽車的聲音
將最後的夜色擰到最小。櫻花的影子
隨時都在取代時間的影子。

不用看就知道，這窗戶曾被冬天借走，
現在又被還給春天。在這窗戶上
有命運的一張紙。捅不捅，都一樣。
在這張紙上有詩的一個小洞。

因為有這小小的透氣孔，你能看得比我更遠。
你用遙遠的事物忠實於我身邊的矛盾。
在北京，說到雪山，我會朝西邊想，
而在金澤，我必須習慣雪山只出現在東邊。

每天早上，我都會從窗戶裡看到
連綿的雪山慢慢升起它的旗幟。
這之後，才是太陽緩緩爬過雪山的脊背，
將它的金針刺向萬物的神經。

櫻花叢書

從生與死的糾結中
它們提煉出這份美麗，
屬於它們的美麗彷彿也屬於我們。
它們擁有美麗，就好像我們也曾美麗過。

我羨慕它們仍然擁有天真的問題。
它們漂亮嗎？當然漂亮。它們能漂亮到很遠的地方。
它們絢爛嗎？當然絢爛。它們能絢爛到肌膚以內。
它們是禮物嗎？絕對是，並且完全免費。

它們的花海幾乎比海還大，
且走到哪裡，都會懸在你的頭上。
那麼，洶湧的，會是什麼呢。
洶湧的花瓣將我的敏感變成了一種責任。

在它們面前，我們還有好多事情要做，
在它們面前，我們的無辜彷彿是可能的，
在它們面前，我們的解脫是短暫的，
但在我們面前，它們只是它們自己的春之舞。

替罪羊叢書

除了漂亮，除了漂亮

不同於真美，其他的

全都很陌生。她走在你的大街上。

陌生人的目光，哪兒還有

一點旁觀的意思，全都強烈如

塔尖上的陽光，追逐著

她的身影。眼底啊，全是浪花翻動半邊天。

她的故事就這樣開始了，而詩，

在故事中扮演了一個新角色。

與其說她本人不知道

她有多美，不如說生活

不甘心她有多美。雖然有點熱，

但天氣真的不錯。花香裡

有蜜蜂的小開關。隨便按一下，

現實就被解放了。真要練眼力的話，

不誇張地說，鴿子身子沒有雞肉，

全都是政治的羽毛。小廣場上的鴿子，

一點也不怕人牽狗，不僅好看，

而且敏感於你遞過去的麵包

究竟是純粹的食物呢，還是另有含義？

把目光再轉回來。與其說她的美

需要她去適應，不如說一隻蝴蝶

比她本人更適應她的美。

多麼微妙的天賦，可恥的是

偶然一點也不公平。她偶然地出現，

偶然地過路，很快，也會偶然地消失。

她的偶然強烈於我們的生活中

不可能有這麼美的替罪羊。

你想試試嗎？論孤獨，

你身上有過的最好的東西

還能孤獨過美！人生中的美，

值得一萬年輪迴在兩小時裡。

生命中的美，替你含過沙子；

影子才愛玩虛的呢。

而你就像個驕傲的混蛋一樣

忙著懷疑一切，用崩潰回敬無趣。

全然忘了：宇宙中的美，

不著邊際是假，和她身上的謎一樣多

才是你要想開一點的那一面。

至於這大街，從什麼時候起變成你的了？

則是另一首詩要解決的問題。

可以透露一點的是，偶然中

不那麼偶然的是，她正打算去買
一根細長的繩子，將過去留下來的袋子，
按人頭，一個一個繫成死扣，
然後，扔到地窖般的地下室裡。

在此之前叢書

在此之前，你的世界裡

沒有你我。這一點也不奇怪，假如

這世界確實已無夢可做。要麼就是，

你已厭倦了還會有個比你更理想的人

去教這個世界如何做夢。

在此之前，哦，絕望。絕望拿著一個器皿

真假難辨地來到你身邊。大小和你一模一樣。

透明度也不輸給你很敏感。

絕望是最真實的謊言，以至於

它不需要任何反證。在此之前，

情感被文化穿了小鞋。

情感偏向個人的可能，而文化

流行於大眾經常被集體。

必要的淺薄其實絕頂聰明。以至於

抨擊越是尖銳，場面越像是逗你玩。

如此，絕望到哪一步？個人的希望

才會重新婉轉成一種高貴的謊言。

在此之前，心弦比心強大。

心弦像從未把過的脈搏，湛藍地

閒置在宇宙之美中。在此之前，

還有一種弦，被調了許多回，

緊繃繃，就好像私下用對了繩子

也能擺脫命運的糾纏。但是，

從未有人對你說，來吧，現在就把弦上滿。

在此之前，夢不會比一個秘密更接近

站在鏡子前的你。那幾縷髮梢，

像是被蝴蝶剛剛嗅過。那幾分美麗，

坦然於生命完全有可能被激活。

在此之前，夢和現實一直在比賽

誰更接近你我的真實，誰能包括

更多的你中有我。規則很混亂，

但也不乏竅門。在此之前，

沒有人曾教會你，用你我去辨認

另一個你。時間曾慷慨地站在你這邊。

機遇甚至給出了比機遇本身

更多的賜予。而你正確於

一朵鮮花不會犯任何錯誤。

要麼就是，你無辜於一隻鶴不會有

我們不得不面對的那些缺陷。

在此之前，生活中的陰影

可以按比例計算出來。你有過

美麗的身影，也有過見不得人的

極端的影子。你的美麗的影子

始終都是後浪，向前推著

時間的矛盾。如此，你無限在

記憶的深處，而你並不知情。

在此之前，你不會遇到你我，

但你會遇到一首詩。莎士比亞身上的李白

也許重寫過它的開頭。或是，

李商隱身上的惠特曼潤色過

它的肌理。要麼就是，無論是誰

寫出了它，我都會像莎士比亞那樣

隱藏在它的字裡行間。這有什麼可奇怪的。

它會改變你的身體，就像語言

會改變你對世界的態度。而你現在的態度

會神奇地改變你中有我。

跋　詩歌的風箱

藝術家通過揭示神秘真理來幫助世界

──布魯斯・瑙曼

「詩歌的風箱」是我最近寫的一首詩的名字。或許，它很接近我現在想談的東西。當我有機會思考我與詩歌的關係時，我常常會有這樣的感覺：我所做的工作不過是想給詩歌發明一個風箱。以前，這感覺還不是那麼強烈，頂多可以說是一種朦朧的願望；最近幾年，這感覺才日趨清晰，開始演變成一種敏感的偏好。稱之為「偏好」，意謂我開始對我能寫的詩歌（包括我想寫的詩歌）做出了更明確的自我限定。或多或少，這也意味著我對詩歌的某些意識開始變得更自覺了。有時，我也感到我並不想要這些衍生於詩歌的自覺意識，但又覺得很難克制住它們的延伸。

這種自覺，部分地始源於我越來越感到自己對詩歌的「無知」，一種近似蘇格拉底所說的「無知」。在誠實的意義上，我的確知道一些事情；但就接近真理的程度而言，我也的確知道我知道得不多。這也是一種積極的「無知」，因為它對我們所知道的或所掌握的「知」構成了一種反諷式的壓力。更重要的，這樣的「無知」仍然在其內部保留知識的全部張力。它仍然體現為一種「知識」。詩歌的確意味著人類的一種特殊的情形。儘管特殊，但不是例外。在詩歌中，「無知」是異常珍貴的；只有半吊子，才惹人反感。我知道，這樣的「無知」在我的詩歌想像力中占有崇高的的地位。

詩歌是什麼呢？和很多詩人不同，我不僅對詩歌書寫行為還有熱情，而且喜歡對詩歌的書寫過程進行多方位的觀察，也不疏懶於把這些觀察帶入思索的領域。我喜歡一邊從事詩歌寫作，一邊有意識地對詩歌寫作本身進行考察。我理解這樣的聲言：「我只管寫詩，不想解釋詩是什麼」。這樣的表白流行於我們的時代。不過，我恐怕永遠也不會養成此類習慣或姿態。

　　我想獲得的是另外一種輕鬆，一種對稱於思考（從精神現象學的角度，它屬於「重」的範疇）的輕鬆。換句話說，不斷在詩歌寫作的過程中追問詩歌是什麼──，這樣的與詩歌打交道的方式給我帶來了無窮的樂趣。有關詩歌的本質主義的思考，在我們的時代開始受到強有力的質疑。但是，我猜想，詩歌帶給人類的最基本的樂趣之一，就是它能不斷地在我們的「已知」中添加進新生的「無知」。這種能力也許可以歸入詩歌的本質。詩歌最基本的審美傾向也是以悖論的方式體現出來的：詩歌讓我們欣悅於我們所能知道的事情，也讓我們興奮於我們所不知道的事情。

　　多數情形下，「無知」都不是一個令人愉快的精神範疇。但是，在詩歌領域裡，無知能帶來最大的快樂。就像「無知」能給哲學的智慧帶來快樂一樣。從詩歌的起源上看，詩歌產生的最強勁的內驅力就是我們的祖先「想知道」些事情；也就是說，詩歌的誕生其實並不複雜，它起源於人類對自身的「無知」的好奇。就是這種好奇，把人類對其境況和自身的神秘感受變成了一種審美活動。這樣，在範式的意義上，詩歌當然是一種和知識有關的人類實踐。說得更明確點，詩歌是一種努力

想克服我們在精神上的無知的知識，一種涉及人類自身的鏡像的可能的知識。只是，在一些不同的層面上，我們才會談論以下這些問題：詩歌是一種語言藝術，詩歌是一種審美，或者，詩歌是一種直觀的表達。

我們必須保持在抽象的意義上談論詩歌的能力。放棄這一角度，我們將永遠也不可能知道什麼是詩歌。詩歌的魔力就在於對我們來說它的本質始終是抽象的（或者，用時下流行的話說，是游移不定的），而詩歌的魅力則在於我們有能力為它添加和發明無數的具體的形象。有時，詩歌像鐘擺一樣逛蕩在抽象與具象之間，而更多時候，它同時是這兩者本身。

這樣，對我來說，詩歌本身意味著一個特殊的空間現象。詩歌自身永遠會有一種「空白」存在著，這種「空白」或意味著一種狀態，或意味著一種情形，或意指著一種領域，這種「空白」也帶有結構的特徵。它是一種虛構，同時它也是虛構的悖論。而我想發明的「詩歌的風箱」，就是想在詩歌的「空」中放進一個現實的物象，一種我們可以在陌生的環境中能加以辨識的東西。這裡，詩歌的「空」也可以理解為我們自身對詩歌的「無知」。

我不能確定「風箱」是否可以算作是一個理想的「現實的物象」。我對「風箱」的記憶太深刻了。在它的意象裡，永遠包含著一種角落的喻指。它的實物特徵散發著日常生活的氣息。它本身就是一個充滿想像力的器物，但是，它又顯得異常樸素。這種樸素倒是一點也不特殊，但多少是一個例外。它的基本運作方式，在某種意義上，可以說是對西西佛斯神話的一

種改寫。拉出來,再推進去,如此往復不已,具有勞作的全部特徵。所涉及的自然和人類的關聯也帶有原型色彩,風速被改變了,火勢被新的節奏控制了。而咫尺之遠,新的事物被創造著,並和人類對生命的體驗以及對歷史的探索融為一體。我的確夢想著,如果我拉動風箱的把手,我也許會給詩歌的「空」帶去一股強勁而清新的現實之風。我也不會忘記在把手上鏤刻一句銘文:向最高的虛構致敬。

語言文學類　PG1069　中國當代詩典　第一輯 10

小輓歌叢書
——臧棣詩選

作　　　者/臧　棣
主　　　編/楊小濱
責任編輯/黃姣潔
圖文排版/詹凱倫
封面設計/陳佩蓉

發 行 人/宋政坤
法律顧問/毛國樑　律師
出版發行/秀威資訊科技股份有限公司
　　　　　114台北市內湖區瑞光路76巷65號1樓
　　　　　電話：+886-2-2796-3638　傳真：+886-2-2796-1377
　　　　　http://www.showwe.com.tw
劃撥帳號/19563868　戶名：秀威資訊科技股份有限公司
　　　　　讀者服務信箱：service@showwe.com.tw
展售門市/國家書店（松江門市）
　　　　　104台北市中山區松江路209號1樓
　　　　　電話：+886-2-2518-0207　傳真：+886-2-2518-0778
網路訂購/秀威網路書店：http://www.bodbooks.com.tw
　　　　　國家網路書店：http://www.govbooks.com.tw

2013年9月　BOD一版
定價：360元
ISBN　978-986-326-172-8
ISBN　978-986-326-178-0（全套：平裝）
版權所有　翻印必究
本書如有缺頁、破損或裝訂錯誤，請寄回更換

國家圖書館出版品預行編目

小輓歌叢書:臧棣詩選 / 臧棣著. -- 一版. --
臺北市:秀威資訊科技, 2013. 09
　　面;　　公分. -- (中國當代詩典. 第一輯;
10)
　BOD版
　ISBN　978-986-326-172-8 (平裝)

851.486　　　　　　　　　　102015891

讀者回函卡

感謝您購買本書，為提升服務品質，請填妥以下資料，將讀者回函卡直接寄回或傳真本公司，收到您的寶貴意見後，我們會收藏記錄及檢討，謝謝！
如您需要了解本公司最新出版書目、購書優惠或企劃活動，歡迎您上網查詢或下載相關資料：http:// www.showwe.com.tw

您購買的書名：＿＿＿＿＿＿＿＿＿＿＿＿＿＿＿＿＿＿＿＿＿＿

出生日期：＿＿＿＿＿年＿＿＿＿＿月＿＿＿＿＿日

學歷：□高中 (含) 以下　　□大專　　□研究所 (含) 以上

職業：□製造業　□金融業　□資訊業　□軍警　□傳播業　□自由業
　　　□服務業　□公務員　□教職　　□學生　□家管　□其它＿＿＿

購書地點：□網路書店　□實體書店　□書展　□郵購　□贈閱　□其他

您從何得知本書的消息？

　　□網路書店　□實體書店　□網路搜尋　□電子報　□書訊　□雜誌
　　□傳播媒體　□親友推薦　□網站推薦　□部落格　□其他＿＿＿＿＿

您對本書的評價：(請填代號　1.非常滿意　2.滿意　3.尚可　4.再改進)

　　封面設計＿＿＿　版面編排＿＿＿　內容＿＿＿　文／譯筆＿＿＿　價格＿＿＿

讀完書後您覺得：

□很有收穫　□有收穫　□收穫不多　□沒收穫

對我們的建議：＿＿＿＿＿＿＿＿＿＿＿＿＿＿＿＿＿＿＿＿＿＿

11466
台北市內湖區瑞光路 76 巷 65 號 1 樓

秀威資訊科技股份有限公司 收

BOD 數位出版事業部

....

（請沿線對折寄回，謝謝！）

姓　　名：＿＿＿＿＿＿＿＿＿　年齡：＿＿＿＿＿　性別：□女　□男

郵遞區號：□□□□□

地　　址：＿＿＿＿＿＿＿＿＿＿＿＿＿＿＿＿＿＿＿＿＿＿＿

聯絡電話：(日) ＿＿＿＿＿＿＿＿＿＿＿　(夜) ＿＿＿＿＿＿＿＿＿＿＿

E-mail：＿＿＿＿＿＿＿＿＿＿＿＿＿＿＿＿＿＿＿＿＿